KB092393

미국, 야구, 여행

최세진

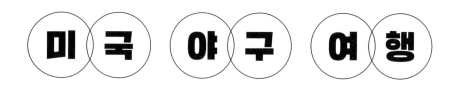

미국 야구 여행

최세진

행복우물

✕ Contents

Epilogue 마지막 아웃카운트를 기다리며

○ **일러두기**

1. 모든 글은 현지에서 직관한 경기를 기반으로 작성하였습니다.

2. 박스스코어와 선수 기록은 베이스볼 레퍼런스(www.baseball-reference.com)를
   참고하였습니다.

Prologue

○
플레이 볼

한 시즌 162경기의 대장정을 치르는 메이저리그를 마치 미국 전역을 여행하는 느낌으로 봅니다. 응원팀인 LA 다저스의 2024시즌을 기준으로 보면, 같은 내셔널리그 서부지구에 속한 샌프란시스코, 샌디에이고, 애리조나, 콜로라도를 제외하더라도 1년 동안 무려 15개의 도시로 원정을 떠납니다. 심지어 태평양 건너 서울에서도 경기를 치르고, 국경을 넘어 캐나다 토론토에서도 경기를 치릅니다.

새로운 도시에 도착해서 원정경기를 치를 때면 항상 그 도시의 주요 명소를 시작으로 중계방송이 시작됩니다. 샌프란시스코에서는 금문교, 시애틀에서는 스페이스 니들, 세인트루이스에서는 게이트웨이 아치를 비춰주는 식입니다. 직접 가본 도시가 중계 카메라에 잡히면 마치 어제 갔던 것처럼 그때의 기억이 선명하게 떠오릅니다. 가보지 못한 도시라면 금세 호기심이 모락모락 피어오릅니다. 언젠가는 꼭 저 도시도 직접 눈에 담고야 말겠다는 의지를 다집니다.

그저 야구가 좋아서 틈날 때마다 미국을 드나들었습니다. 인생에 한 번뿐인 신혼여행에서도 야구장을 찾아갔으며, 꿈에 그리던 월드시리즈 경기를 보기 위해 2박 3일 일정으로 미국을 다녀오기도 했습니다. 야구와 함께 차곡차곡 쌓아온 세월 덕에 지금까지 메이저리그 전체 야구장의 1/3인 10개 경기장에서 30경기 가까운 메이저리그 경기를 직관할 수 있었습니다. 그때의 추억이 한 편의 글이 되었고, 그 글이 모여 한 권의 책으로 탄생하는 기적을 드디어 봅니다.

바라건대 미국 전체를 여행하는 느낌으로 독자분들이 이 책을 마음껏 즐겨주셨으면 합니다. 승리를 위한 아웃카운트 개수로 구성된 이 책의 이야기들을 1회 초부터 9회 초까지 따라가다 보면 마치 야구 한 경기를 본 듯한 느낌을 받으실 수도 있겠습니다. 어떤 감상이라도 좋습니다. 단지, 이 책을 통해 우리네 인생을 꼭 닮은 야구 경기의 매력을 많은 분들이 만끽하실 수 있기를 기대합니다.

마지막으로 이 책이 탄생하기까지 도움을 주신 분들께 감사의 말씀을 전하면서 경기 시작을 큰 소리로 외쳐볼까 합니다. 누군가에게는 세상 그 어떤 것보다 반가운 목소리가 누군가에게는 고통이 될지는 몰랐습니다. 매일 아침 들려오는 다저스의 중계진인 조 데이비스 씨와 오렐 허샤이저 씨의 목소리를 견뎌주는 아내에게 가장 먼저 고맙다는 말을 전합니다. 아내가 없었다면 포스트시즌을 직관했던 신혼여행도, 평생 기억에 남을 월드시리즈의 추억도 없었을 것입니다. 항상 믿고 지지해 주고 좋은 추억을 옆에서 함께해 줘서 너무나도 고맙습니다.

관심에도 없는 야구에 푹 빠져 사는 아빠, 아들, 사위를 이해해 주는 두 딸과 울산에 계신 부모님, 동해에 계신 장인 장모님께도 이 기회를 빌려 감사의 말씀을 전하고 싶습니다. 이 책이 나올 때까지 누구보다도 뜨거운 관심과 호응을 보내준 진주단을 포함한 F45 여의도 새벽반 멤버들께도 감사의 말씀을 전합니다. 옆에서 항상 응원하고 지지해 주는 여의도 맛집의 살아있는 내비게이터 여의도 테이스티(@yeouido_tasty)님 감사합니다.

많은 우여곡절 끝에 이 책이 세상에 나올 수 있었습니다. 신인 작가의 부족한 글에 관심을 가져 주신 행복우물 출판사에 감사드립니다. 그리고 이 글을 브런치에 처음 연재했던 시절부터 관심을 가져 주시고 바쁘신 와중에 멋진 추천사까지 써주신 MBC 김나진 아나운서께 너무도 감사드립니다. 마지막으로 아직도 마음속에 최애 중계진 콤비로 남아있는 IB스포츠 김태우 아나운서님과 송재우 해설위원님의 추천사를 받을 수 있어서 영광이었습니다. 진심으로 감사드립니다.

그럼, 다 함께 크게 외치며 미국 야구 여행을 떠나볼까요?
3, 2, 1, 플레이 볼!!!

If my uniform doesn't get dirty,
I haven't done anything
in the baseball game.

내 유니폼이 더러워지지 않았다면,
나는 야구 경기에서
아무것도 하지 않은 것이다.

리키 핸더슨
MLB 통산 도루 1위, 리드오프 홈런 1위

이선좌를 이겨낸 서울시리즈 티켓팅 후기

1. PM 7:50 근자감

국내에서 처음 열리는 메이저리그 경기 티켓팅 오픈 10분 전. 경기가 열리는 고척스카이돔은 16,000석 규모. 내 자리 하나 정도는 당연히 있겠지 싶다. 메이저리그의 인기가 전보다 높아졌다고는 하나 내가 갈 자리 하나 없을까.

평소 LA 다저스를 향한 팬심 하나만큼은 자신 있었다. 주변을 아무리 둘러봐도 나만큼 다저스를 좋아하는 사람은 없다. 7년 전에는 오직 월드시리즈 직관만을 위해 2박 3일로 LA를 다녀오기도 했다. 이런 내가 안 가면 도대체 누가 간단 말인가. 어느 자리를 예매하면 좋을지 행복한 고민을 하며 티켓팅 오픈을 맞이한다. 3...2...1...

2. PM 8:00 만이천

기대가 우려로 바뀌는 데까지는 그리 오래 걸리지 않았다. 대기 번호 12,000번. 아 대차게 망했다. 마음은 급한데 대기 번호가 좀처럼 줄어들지 않는다. 불안한 마음에 평소 자주 들르는 야구 커뮤니티에 들어가서 분위기를 살펴본다. 티켓팅에 성공했다는 사람들의 후기가 우르르 올라오기 시작한다. 너무 부럽다. 반면 나처럼 엄청난 대기 번호에 좌절하는 사람들도 많다. 왠지 모를 동질감이 생긴다. 두터운 팬심도 빠른 손과 동물적인 감각 앞에선 속수무책이다.

3. PM 8:20 취켓팅

대기 번호가 네 자릿수로 줄어들었지만, 아직 멀었다. 벌써 매진이라는 후기가 보인다. 이대로 예매 화면은 구경도 못하고 끝나는 것인가. 우려가 분노로 바뀌기 시작한다. 하지만 아직 포기하기는 이르다. 열심히 희망 회로를 돌려본다.

6,000번부터 대기 번호가 급속히 빠지기 시작한다. 티켓 오픈 30분 만에 예매 화면에 접속했다. 남은 자리가 있을 리 없다. 급하게 예매 전략을 바꿔본다. 그래도 취소하는 사람들이 분명히 있을 것이다. 취소하는 사람들의 자리를 재빠르게 잡으면 된다. 일명 취켓팅. 자리가 뭐가 중요한가. 이제는 경기장 안에 들어가기만 해도 행복할 것 같다.

4. PM 8:40 이선좌

빈자리가 생겨서 재빨리 클릭을 해본다. 두더지 게임을 하는 것 같다. 하지만 고르는 자리마다 돌아오는 대답은 이선좌. 이미 선택된 자리란다. 분노가 좌절로 바뀌기 시작한다. 고척돔은 왜 이렇게 작게 만든 걸까. 모든 게 원망스럽다. 그래도 자리가 한 자리씩 계속 나기는 한다. 누구보다 간절하게 예매화면을 바라보며 모든 신경을 집중한다.

5. PM 8:52 티켓팅

취켓팅에 성공한 사람들의 후기가 커뮤니티에 올라오기 시작한다. 구역 하나를 정해놓고 무한 새로고침 신공을 해야 한단다. 일명 선택과 집중 작전. 8시 50분. 이제 자리는 둘째치고 경기장에 못 가고 집에서 관전할 판이다. 초조함이 극에 달한다.

그 순간! 눈여겨보던 4층 지정석 중 한자리가 섬광처럼 눈앞에서 반짝인다. 더 이상 빠를 수 없는 속도로 자리에 손을 갖다 대본다. 성공이다. 드디어 이선좌도 이겨냈다.

나 서울시리즈 갈 수 있다! 집으로 이동하던 지하철 안만 아니었다면 만세를 부를 뻔했다. 모든 분노가 눈 녹듯 사라진다. 언제 그랬냐는 듯 마음이 한없이 너그러워진다. 안도감이 일순간에 몰려온다.

이건 집념의 승리다. 역시 간절히 바라면 이루지 못할 것이 없다. 기다려라 고척돔! 다저스 보러 내가 간다.

나의 40대를 잘 부탁해, 오타니!

Wednesday, March 20, 2024

Los Angeles Dodgers

5

· 1-0 ·

San Diego Padres

2

· 0-1 ·

	1	2	3	4	5	6	7	8	9	R	H	E
Los Angeles Dodgers	0	0	0	1	0	0	0	4	0	5	7	0
San Diego Padres	0	0	1	1	0	0	0	0	0	2	4	2

WP: Daniel Hudson (1-0) · LP: Jhony Brito (0-1) · SV: Evan Phillips (1)

야구와 함께 나이가 들어간다는 것은 실로 멋진 일이다. 성장 과정에서 야구는 늘 함께였고, 이제 야구가 없는 삶은 상상조차 할 수 없게 되었다. 야구라는 단어를 빼고 내 삶을 설명할 수 있을까? 그것은 불가능에 가까운 일이다.

TV로 보던 박찬호 선발경기가 내가 아는 야구의 전부였던 시절이 있었다. 유년 시절 나에게 가장 큰 영향을 준 사람을 꼽으라면 단연 박찬호였다. 박찬호는 당시 유년 시절을 보내던 많은 이들의 우상이자, 만인의 형이었다. 나 역시 박찬호를 통해 미국 야구를 처음 접하게 되었고, 어디에 내놔도 빠지지 않을 미국 야구광으로 성장하게 되었다. 미국 야구 직관의 꿈을 꾸게 된 것도 다 박찬호 때문이었다.

박찬호의 은퇴 이후 마음속 공허함은 다저스의 좌완투수 클레이튼 커쇼와 류현진이 메웠다. 동시대를 살면서 그들의 투구를 마음껏 볼 수 있다는 것 자체가 야구팬으로서 행운이었다. 2013년을 시작으로 두 좌완투수의 투구를 직접 눈에 담기 위해 틈날 때마다 미국을 찾아가기도 했다.

스스로는 그들과 묘한 동질감 또는 내적 친밀감을 느끼며 살아왔다. 나와 비슷한 또래이기에 더 응원했는지도 모르겠다. 때로는 나의 삶을 그들의 투구에 투영해 나의 삶을 응원하듯 응원하기도 했다. 그들이 환호할 때 나도 환호했고, 그들이 좌절할 때 나도 좌절했다. 분명한 건 치열한 20대, 30대를 보내는 와중에 메이저리그 마운드를 호령하는 커쇼와 류현진의 활약은 마음속 한줄기 빛이었다.

그리고 다저스는 이제 누구도 부정할 수 없는 오타니의 팀이 되었다. 한 선수의 영입을 이렇게 바란 적이 있었나 싶을 만큼 오타니가 다저스에 오기를 간절히 희망했다. 투타를 겸업하며 메이저리그의 역사를 새로 써 내려가고 있는 오타니의 활약을 그동안은 마음껏 즐기지 못했다. 내가 응원하는 팀의 선수가 아니었기 때문이다. 그저 군침만 흘릴 뿐이었다. 이제는 내가 응원하는 다저스의 일원이 된 오타니의 활약을 만끽할 수 있다. 그것만으로도 가슴이 벅차다.

수많은 명장면과 기록을 만들어내고 있는 오타니지만, 그의 활약에 매료된 단 한 경기를 꼽는다면 단연 2023년 7월 27일 디트로이트 타이거즈와의 더블헤더 경기이다. 더블헤더 첫 경기에서 선발투수로 나서 1피안타 완봉승을 챙긴 오타니는 한 시간 후 펼쳐진 두 번째 경기에서는 타자로 연타석 홈런을 쏘아 올리며 승리의 주역이 되었다. 당시 하이라이트 필름으로 경기를 보았는데, 두 눈으로 보고도 좀처럼 믿을 수가 없는 활약이었다.

고척돔에서 펼쳐진 2024 서울시리즈에서도 오타니는 빛나는 별 중의 별이었다. 다저스 유니폼을 입고 치르는 오타니의 첫 정규시즌 경기로 세간의 관심이 쏠린 경기였다. 비록 기다리던 홈런포는 나오지 않았지만, 내우외환 속에서도 굴하지 않고 오타니는 자신의 진가를 유감없이 발휘했다. 1차전에서는 2안타 1타점 1도루, 2차전에서는 1안타 1타점을 올리며 앞으로 이어질 정규시즌을 기대하게 했다.

다저스의 팬으로 살아온 지도 어느덧 30년이 되었고, 이제 곧 40대를 바라보게 되었다. 그리고 앞으로 10년간 오타니는 다저스의 선수다. 박찬호로 시작된 나의 야구 나이테는 커쇼와 류현진을 거쳐 이제 오타니로 방점을 찍으려 한다. 'SHOTIME*'과 함께할 40대가 기다려지는 이유다.

부디 나의 40대를 잘 부탁해, 오타니!

---

* 오타니 쇼헤이 이름에서 따온 SHO와 시간을 뜻하는 TIME의 합성어로 오타니의 닉네임이다. 오타니는 브루노 마스의 노래 '24k Magic'을 서울시리즈에서 등장곡으로 사용하기도 했는데, 이는 'it's show time'이라는 가사 때문이라고 보인다. 참고로 오타니의 한국 팬카페 이름 역시 SHOTIME에서 따온 쇼타임 코리아다.

서울시리즈 후유증에 시달리는 이유

Thursday, March 21, 2024

	1	2	3	4	5	6	7	8	9	R	H	E
San Diego Padres	5	0	4	0	1	1	1	0	3	15	18	0
Los Angeles Dodgers	1	1	4	0	2	0	1	2	0	11	16	2

WP: Michael King (1-0) • LP: Yoshinobu Yamamoto (0-1) • SV: Robert Suarez (1)

고대하던 서울시리즈가 끝난 이후 심각한 후유증을 겪고 있다. 한국에서 처음 열리는 메이저리그 경기였다. 혹시나 표를 구하지 못할까봐 살 떨리던 티켓팅을 시작으로 선수단 입국,

국내팀과의 연습경기, 그리고 마침내 3월 20일과 21일 양일간 열린 서울시리즈 경기까지 마치 꿈을 꾸는 듯한 기분으로 지켜보았다.

한국을 방문했던 LA 다저스와 샌디에이고 파드리스 선수단은 3월 21일 경기가 끝나자마자 인천공항으로 이동하여 출국했다. 모든 경기가 끝이 나고 선수들도 미국으로 돌아갔지만, 아직 서울시리즈의 기나긴 여운에서 빠져나오지 못하고 있다. 선수들의 등장음악은 여전히 귀에서 맴돌고 있다. 틈만 나면 현장에서 직접 찍은 사진과 동영상을 다시 꺼내어보며 그날의 추억을 되새기고 있다.

경기장을 가득 메웠던 선수들과 팬들이 모두 제자리를 찾아가고 있는데 왜 나만 아직 서울시리즈 경기에서 빠져나오지 못하고 있는 걸까? 어떻게 된 게 내가 좋아하는 그들의 경기를 보기 위해 미국을 직접 찾았을 때보다 후유증이 더 크게 느껴지기도 한다.

생각해 보면 한국에서 메이저리그 경기가 열린다는 것은 이전에 상상조차 해보지 않은 일이었다. 경기를 직접 보기 위해 그들의 공간을 찾아갈 생각만 했지, 그들이 내가 생활하고 살아가는 공간에 찾아오리라고는 생각해 보지 못했던 것이다.

TV에서만 보던 세계 최고의 야구 선수들이 대한민국 고척스카이돔에서 뛰고 있는 장면만 보더라도 낯선 장면이었다. 심지어는 경기 전후로 우리가 매일 이용하는 지하철을 타고 명동으로 이동하여 길거리 음식을 즐기는가 하면, 숙소인 여의도 주변의 쇼핑몰과 길거리에도 수시로 모습을 드러냈다.

찰나와 같이 느껴지는 일주일이 지나고 모든 서울시리즈의 일정은 마무리되었다. 이제 선수들은 모두 본래의 삶의 터전인 미국으로 돌아가고 없다. 그들은 떠나고 그들이 없는 공간 속에서 우리의 삶은 지속된다. 치열한 승부가 펼쳐졌던 고척스카이돔은 이제 키움 히어로즈의 팬들이 자리를 메울 것이다. 선수들을 맞이하느라 분주했던 호텔은 새로운 손님을 맞이하기 위해 단장할 것이며, 선수들이 활보했던 거리는 언제 그런 일이 있었냐는 듯 여러 사람의 발걸음이 오가느라 분주할 것이다.

든 자리는 몰라도 난 자리는 안다는 말이 그래서 나온 것일까. 우리가 살아가는 공간에서 더 이상 그들의 존재를 발견할 수 없음에 괜스레 서글퍼지기도 한다. 언젠가 그들이 다시 우리의 공간을 찾아오는 기적 같은 일이 또 일어날 수 있을까. 그날이 올 때까지 지난 추억을 되새기며 버텨보는 수밖에 다른 도리가 없다.

지나간 연인을 새로운 연인으로 잊어가듯 서울시리즈에 대한 그리움은 새로운 경기로 극복해야 한다. 서울에서 맞이한

특별한 시즌을 선수들도 팬들만큼 평생 특별하게 기억할 수 있
기를 기원하며 설레는 마음으로 다음 경기를 기다려본다.

미국에서 박찬호 사인받는 방법

　평생 만나고 싶었던 우상 같은 존재를 직접 만나 사인을 받는 기적과도 같은 일이 발생할 확률은 얼마나 될까? 분명 마음만 먹으면 얼마든지 할 수 있는 정도의 쉬운 일은 아닐 것이다. 노력 여하와 별개로 운과 같은 요소도 성공률에 큰 영향을 미칠 것이다. 다만 '지성이면 감천한다'라는 말이 있듯 본인만의 비기를 가지고 노력한다면 성공률을 조금이나마 높일 수 있을 것이다. 적어도 '서울에서 김서방 찾기'와 같은 극악무도한 난이도는 아닐 것이라고 확신한다.

　그리고 2009년 8월, 나에게도 그런 기적과 같은 일이 일어났다.

때는 박찬호가 필라델피아 필리스에서 활약했던 2009년이었다. 2008년 친정팀인 LA 다저스에서 화려하게 부활을 알린 박찬호는 다저스를 꺾고 월드시리즈에 올라 우승의 한을 푼 필라델피아 필리스와 1년 계약을 맺게 된다.

시즌 초반 어렵게 꿰찬 5선발 자리를 그리 오래 유지하지는 못했지만, 경기 후반 주요 승부처에서 활약하며 불펜의 핵으로 자리를 잡아나가던 시점이었다.

★ Tip 1.
일찍 일어나는 새가 벌레를 잡는다

메이저리그 마운드에 선 박찬호의 모습을 보는 것이 평생의 소원이었다. 사실 사인을 받는 것은 부차적인 목적이었다. 하지만 미국까지 간 이상 할 수 있는 것은 다 해보고 싶었다. 그때까지만 하더라도 미국 여행을 또 갈 수 있을거라고 생각하지 않았기 때문이었다.

2009년 8월 필라델피아 필리스와 애리조나 디백스의 3연전 내내 1등으로 경기장에 도착하여 경기장으로 들어가는 게이트가 열리기만을 기다렸다. 그리고 게이트가 열리자마자 경기장으로 뛰어 들어갔다.

경기장마다 룰이 조금씩 다르긴 하지만 대부분의 경기장에서는 경기 시작 전 선수들의 훈련 시간에 팬들에게 경기장을 개방한다. 당시 필리스의 홈이었던 시티즌스 뱅크 파크는 경기 시작 2시간 반 전부터 팬들에게 경기장을 개방했다.

당연한 이야기이지만 무조건 빨리 경기장에 도착하는 것이 유리하다. 그래야만 선수들과 만날 소중한 시간을 확보할 수 있고, 사인을 받을 기회도 당연히 많아진다.

★ Tip 2.
원정 경기를 노려라

전략적인 접근도 필요하다. 그런 의미에서 홈경기보다는 원정경기에서 오히려 기회가 많을 수 있다. 보통의 경우 홈팀의 훈련이 끝난 뒤 원정팀의 훈련이 시작된다. 팬들의 입장에서 보면, 경기장에 서둘러 입장했는데 홈팀의 훈련이 이미 끝났을 수도 있다. 그럴 경우 홈팀 선수들의 사인을 받을 기회가 사라질 수 있다.

또 한 가지 이유는 홈팬들의 수가 원정팬에 비해 절대적으로 많기 때문이다. 사인을 받고자 하는 경쟁자가 많아진다는 뜻이다. 선수 입장에서 자신을 찾아온 고마운 팬에게 모두 사인을 해주고 싶겠지만 시간이 부족하거나 여력이 없을 경우 일

부 팬들에게는 본의와 다르게 사인을 못해주는 경우도 생길 수 있다.

투수의 경우 선발등판하는 날에는 사인을 기대하기 어렵다. 선발등판을 위해 본인의 루틴과 컨디션을 맞추기 때문이다. 등판 당일에는 팬서비스보다는 경기 준비 과정, 경기 결과에 선수로서 촉각을 기울일 수밖에 없다. 결과로 평가받는 프로 선수이기에 이는 어쩌면 팬으로서 당연히 배려해야 하는 부분이다.

★ Tip 3.

사인을 받을 공과 펜은 미리 준비하자

본인이 사인을 받을 공과 펜은 미리 준비하는 것이 좋다. 자신이 좋아하는 선수를 가까이에서 만나는 것까지 성공했는데 사인을 받기 위한 준비물이 없다면? 그것만큼 안타까운 상황이 없을 것이다. 물론 경기장 안에 널린 것이 공이긴하다. 연습 중에 쓰인 공은 경기 중 활용이 불가능하기 때문에 그 공을 얻는 것도 방법이다. 펜은 주변에 있는 다른 사람에게 빌릴 수도 있다. 다만 공과 펜을 미리 준비하는 철저함까지 갖춘다면 사인을 받을 확률이 그렇지 않은 사람에 비해 비약적으로 올라갈 수 있다.

이 모든 것들이 의미가 없을 수 있다. 나는 원정경기가 아닌 홈경기에서 박찬호 사인을 받았으며, 공과 펜을 미리 준비하지도 못했었다. 선수들이 연습 때 쓰던 공에 옆 사람에게 빌린 펜으로 사인을 받는 데 성공했다. 어쩌면 사명감을 가지고 팬서비스에 임하는 박찬호였기에 가능한 일이었을지도 모르겠다.

십여 년의 세월이 흐른 지금까지도 박찬호에게 직접 건네받은 사인볼을 그 어떤 보물보다도 소중하게 간직하고 있다. 미국에서 메이저리그 공인구에 직접 받은 사인볼이다. 사인을 받는 것은 성공했지만, 마운드에서 투구하는 박찬호의 모습을 직접 보겠다는 목표는 당시에는 달성하지 못했다. 당시 가벼운 팔꿈치 통증이 있었던 탓에 애리조나 디백스와의 3연전에 박찬호는 등판하지 못했다.

그리고 2012년, 잠실구장에서 뒤늦게나마 마운드에서 투구하는 박찬호의 모습을 직접 볼 수 있었다. 당시 고향팀 한화 이글스에 입단해 활약했던 박찬호의 은퇴 시즌이었다.

우상과도 같은 선수를 직접 만나 눈앞에서 투구하는 모습을 보고 사인까지 받는 데 성공한 나는 '성공한 덕후'라고 할 수 있을까. 바라건대 한 가지 더 이루고 싶은 게 있다면 야구선수 은퇴 후에 '투머치토커'로 명성을 날리고 있는 박찬호를 직접 만나 그의 이야기를 실컷 들어보고 싶다. 귀에서 피가 나도 좋다.

90년대 박찬호 신드롬을 추억하며

박찬호로, 다저스로 MLB를 배우고 야구를 배웠다. 그런 내게는 다저 스타디움이 에펠탑이었고 자유의 여신상이자 누 캄프였다. 누구나 죽기 전에 꼭 한 번 가보고 싶은 '버킷 플레이스'가 하나씩 있다. 나에게는 다저 스타디움이 그런 공간이었다.

2013년 여름 처음 방문했던 다저 스타디움은 90년대의 향수를 물씬 자극하는 곳이었다. 몇 차례의 리모델링을 거친 탓에 90년대 말과 비교하면 외형은 많이 변했다. 하지만 그 시절 TV로 경기를 보며 쌓았던 추억들은 하나도 빠짐없이 기억 속에 피어올랐다.

금방이라도 박찬호가 마운드에 올라 공을 던지고 전담포수인 채드 크루터가 그 공을 받을 것만 같았다. 션 그린이 외야에서 강견을 뽐내며, 에릭 캐로스는 든든히 1루를 지킨다. 게리 셰필드는 배트를 흔드는 특유의 타격자세로 눈길을 끌고, 경기 후반에는 마이크 페터스가 고개를 획획 돌리며 마운드에서 포수와 사인을 주고받는다.

마치 타임머신을 타고 20년 전 그때로 돌아간 기분이었다. 손에 땀을 쥐고 박찬호의 공 하나하나에 모든 촉각을 곤두세웠던 그때, 불같은 강속구로 위기를 모면했을 때 손을 불끈 쥐며 환호하던 그때 말이다. 당시 박찬호뿐만 아니라 그의 팀 동료들까지 모두 전국민적인 지지를 받았다. 박찬호의 소속팀 다

저스는 한국인들이 가장 사랑하는 국민구단이었다.

'박찬호 신드롬'이라는 표현이 전혀 어색하지 않은 시기였다. 박찬호 선발경기 중계가 시작되면 집, 학교, 식당, 터미널 등 장소를 불문하고 사람들이 모여들어 경기에 집중했다. 특히 학교 교실에서는 수업시간에 박찬호 선발경기를 보여달라고 아우성치는 학생들과 이를 저지하려는 선생님들의 실랑이가 심심치 않게 벌어졌다. 나도 그 철없던 학생 중 한 명이었고, 선생님이 못 이긴 척 넘어가는 날에는 박찬호 선발경기를 친구들과 같이 교실에서 응원하는 호사를 누리기도 했다.

90년대 말 한국에서 박찬호가 단순한 인기를 넘어 신드롬으로까지 번진 건 몇 가지 요인이 작용했다. 첫 번째는 '한국인 최초의 메이저리거'라는 타이틀이었다. 그 타이틀은 현재도 유효하며 영원히 변치 않는다. 선구자가 주는 의미는 그래서 더욱 특별하다. 한국인 첫 메이저리그 등판, 메이저리그에서 승리투수가 된 첫 한국인 투수, 심지어는 메이저리그에서 홈런을 친 첫 한국인도 박찬호의 차지다.

또 하나는 'IMF'라는 초유의 시대적 상황이다. 당시 골프의 박세리, 야구의 박찬호는 IMF 위기 극복의 메타포 같은 존재였다. 많은 사람이 그들의 경기에 감정이입을 하며 지켜본 건 단순히 그들의 실력이 좋아서가 아니었다. 그들의 경기가 우리도 그들처럼 위기를 이겨내고 다시 정상에 우뚝 설 수 있다는 확신을 주는 매개체였기 때문이었다.

경기를 풀어나가는 특유의 스타일도 인기에 한몫했다. 전성기의 박찬호는 안정적인 제구를 바탕으로 경기를 풀어나가는 투수는 아니었다. 경기 중간에 제구 난조로 흔들리는 모습도 자주 보여주는 투수였는데, 본인이 자초한 위기를 정면 승부로 돌파하며 경기를 지켜보는 팬에게 엄청난 짜릿함과 통쾌함을 선사해주었다.

어린 시절 TV로만 보았던 다저 스타디움을 직접 눈앞에서 마주하고 있노라니 그때의 기억들이 마치 어제 일처럼 선명해졌다. 90년대 박찬호가 뛰던 시절의 다저스는 지금의 다저스처럼 지구 우승을 밥 먹듯 하고 내셔널리그를 대표하여 월드시리즈에 진출하는 그런 팀은 분명 아니었다. 그럼에도 그때가 그리운 건 아마도 아무리 노력해도 그때로 다시 돌아갈 수 없다는 사실을 알고 있기 때문 아닐까.

추신수 사인 1cm 차이로 못 받은 사연

Sunday, August 23, 2009

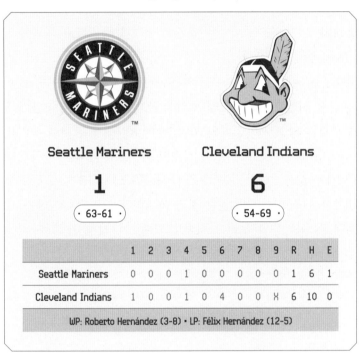

Seattle Mariners · 63-61 ·   Cleveland Indians · 54-69 ·

	1	2	3	4	5	6	7	8	9	R	H	E
Seattle Mariners	0	0	0	1	0	0	0	0	0	1	6	1
Cleveland Indians	1	0	0	1	0	4	0	0	X	6	10	0

WP: Roberto Hernández (3-8) · LP: Félix Hernández (12-5)

클리블랜드는 2009년 생애 첫 미국 여행의 마지막 도시였
다. 뉴욕과 필라델피아를 거쳐 클리블랜드에서 한국으로 귀국
하는 2주간의 여정이었는데, 마지막 도시를 클리블랜드로 정

한 건 오로지 추신수를 보기 위함이었다. 클리블랜드는 뉴욕, 필라델피아 같은 대도시도 아니었고 특별한 볼거리가 있는 도시도 아니었다. 아마도 특별한 사정이 있지 않는 한 클리블랜드를 여행지로 정하는 사람은 흔치 않을 것이다.

미국 동부의 필라델피아에서 중부의 클리블랜드로는 버스로 이동했다. 필라델피아에서 저녁에 출발해 밤을 꼬박 새워 아침에 클리블랜드에 떨어지는 쉽지 않은 일정이었다. 12시간을 꼬박 버스로 이동하면서 마치 내가 마이너리그에서 뛰는 야구 선수가 된 느낌이 들었다.

마이너리그 선수의 삶은 메이저리그 선수에게만 허락되는 화려한 삶과 거리가 멀다. 그들만을 위한 전용기로 이동하는 메이저리그 선수들과 달리 마이너리그 선수들은 원정경기를 위해 버스로 이동한다. 도착과 동시에 여독을 풀 시간도 없이 경기를 준비한다. 그리고 경기가 끝나자마자 또 다른 경기를 위해 버스로 이동하는 가혹한 일정을 1년 내내 소화한다.

메이저리그 선수가 되어 화려한 삶을 누리기 위해 반드시 겪어야 할 혹독함이라지만, 잠시나마 체험해 본 그들의 삶은 참으로 외롭고 고단했다. 잠시 머물다 가는 여행자의 시선에서도 혹독한 장거리 이동을 삶으로, 일상으로 살아가는 선수들은 얼마나 인내심이 대단한 사람들일지 새삼 존경심마저 들었다. 이 모든 것을 이겨내고 꿈에 그리던 메이저리그 승격을 이루어 낸 그 심정은 어떠할까. 감히 말로 표현하기 힘든 기쁨과 짜릿함이 아닐까 한다.

오로지 야구 관람이 클리블랜드 여행의 목적이었기에 숙소도 클리블랜드의 홈구장인 프로그레시브필드 근처로 정했다. 기왕 클리블랜드까지 먼 걸음을 했는데 두 가지의 목표는 꼭 달성하고 싶었다. 첫 번째는 직관하는 두 경기에서 추신수의 시원한 홈런을 구경하는 것, 두 번째는 필라델피아에서 박찬호 사인볼을 얻은 기세를 이어 클리블랜드에서도 추신수의 사인볼을 얻는 것이었다.

추신수의 사인을 받는 기분 좋은 상상을 하며 추신수의 사진과 프로필이 프린트된 공을 미리 준비했다. 구장 곳곳에서 유니폼, 티셔츠, 야구공 등 추신수와 관련된 물품을 판매하고 있었기에 구하는 것은 어려운 일이 아니었다. 필라델피아에서는 박찬호 유니폼을 그렇게 사고 싶었는데 매장 어느 곳에서도 팔지 않아 결국 사지 못했었다. 그야말로 격세지감이 느껴지는 순간이었다.

당시 추신수는 그래디 사이즈모어, 트래비스 해프너와 함께 클리블랜드 타선을 대표하는 선수였다. 2008년 후반기 활약을 발판 삼아 추신수는 2009시즌부터 주전으로 발돋움했고, 타격-수비-주루를 두루 갖춘 five-tool player로 홈팬들의 사랑을 듬뿍 받고 있었다.

시애틀 매리너스와의 홈 3연전 중 마지막 두 경기를 직관했는데, 추신수는 첫 번째 경기 첫 타석에서 안타를 선물했다. 비록 기대했던 홈런포는 아니었지만, 장시간 이동의 피로감을 한 방에 날리는 시원한 안타였다. 소속팀 클리블랜드도 연장 11회 말에 터진 루이스 발부에나의 끝내기 홈런으로 홈팬들에게 귀중한 승리를 선물했다.

두 번째 경기가 더 관심을 끄는 매치였다. 그 경기의 선발투수가 시애틀의 에이스이자 추신수와도 인연이 있는 펠릭스 에르난데스였기 때문이다. 2006시즌 중 시애틀에서 클리블랜드로 트레이드된 추신수는 이적하자마자 치러진 첫 경기에서 한 솥밥을 먹던 시애틀 동료들을 상대했다. 그날 경기의 선발 투수가 바로 펠릭스 에르난데스였다.

어제까지 같은 팀 동료로 지내던 이들을 상대로 방망이를 겨누는 느낌은 어떠할까. 아무리 승부의 세계가 냉혹하다지만 같은 상황에서 감정적으로 흔들리지 않는 사람은 별로 없을 것 같다. 다른 팀으로 트레이드된 선수 중 몇몇은 아쉬움, 배신감 등 복합적인 감정이 섞인 뜨거운 눈물을 경기 중에 흘리기도 한다.

하지만 최고의 복수는 '잘 사는 것'이라는 말이 있지 않는가. 추신수는 그날 경기에서 감정적인 동요를 이겨내고 옛 동료를 상대로 승부를 결정짓는 결승 솔로 홈런을 터뜨렸다. 그 홈런을 지켜보는 친정팀 시애틀 선수들의 심정은 어떠했을까.

모르긴 몰라도 이제는 상대팀 선수가 된 추신수의 홈런을 마음껏 기뻐하진 못했겠지만, 속으로는 옛 동료가 앞으로 더 잘되길 응원하지 않았을까 싶다.

3년 전 그날의 기억을 재현해 주길 기대했지만, 추신수는 삼진 2개 포함 4타수 무안타로 침묵하며 경기를 마감했다. 이제 남은 것은 미리 준비한 공에 추신수의 사인을 받는 것뿐이었다. 경기가 끝난 이후 선수들의 주차장 근처에서 오랜 기다림 끝에 추신수를 만날 수 있었다. 당시 여러 현지 팬도 추신수의 사인을 받기 위해 목이 빠지게 기다리고 있었다. 클리블랜드 내에서 추신수의 엄청난 인기를 실감할 수 있는 순간이었다.

저마다 주차장 펜스 사이로 손을 뻗어 공을 추신수에게 내밀기 시작했다. 워낙에 많은 사람이 몰려서 사인을 받을 수 있을지 내심 불안하기도 했지만 대략 5분 정도 기다리면 사인을 받을 수 있을 것 같다는 희망이 있었다.

미리 좋은 자리를 선점한 사람들은 사인볼과 함께 환한 미소를 지으며 하나둘씩 자리를 떠나기 시작했다. 그 순간만큼은 억만장자보다 추신수의 사인을 받은 그들이 더 부러웠다. 하늘이 무심하다는 생각마저 들었다. 추신수의 사인을 받기 위해 지구 반대편에서부터 날아와 12시간 버스까지 타며 정성을 기울였는데 정성이 갸륵해서라도 사인볼 정도는 선물로 줄 수 있는 것 아닌가 하는 생각 말이다.

하지만 운명의 장난이었을까. 내 앞에 있는 사람들이 점점 사라지고 드디어 내 차례가 왔다며 공을 쭉 뻗은 순간! 아쉽게도 사정이 있는 듯 추신수는 나를 포함해 자신을 기다리고 있는 팬들에게 미안한 기색을 내비치며 자리를 떠났다. 눈앞까지 다가왔던 추신수 사인볼이 신기루처럼 사라지는 순간이었다.

물론 기다리고 있는 모든 팬에게 사인을 해줘야 하는 의무는 없다. 아마도 모든 팬에게 사인을 해주기 위해서는 밤을 새워 해도 모자랄지 모른다. 운동선수에게 경기 후 휴식 시간이 충분히 보장되어야 하고 존중되어야 함이 마땅하다. 다만 아쉽게 사인을 받지 못한 대상이 다른 사람이 아닌 내가 되다 보니 당시에는 꽤 아쉬운 마음이 들었다.

시간이 흐른 뒤 나도 두 아이의 아빠가 되고 나서야 그때 추신수의 심경이 이해됐다. 당시 추신수의 둘째 아들인 건우군이 엄마 뱃속에 있던 시기로 짐작이 되는데 자신을 기다리고 있는 모든 팬에게 사인을 해주기에는 시간이 부족할뿐더러 마음의 여유도 없었을 것이다.

무언가를 얻기 위해서 기울이는 노력도 중요하지만, 노력만으로 모든 일이 이루어지지는 않는다. 가끔은 그런 생각도 해본다. 세상 모든 일에 공식처럼 과정과 답이 정해져 있다면 그 세상은 과연 살만한 세상일까. 필연에 더불어 가끔 더해지는 우연이 세상을 더욱 살만하고 재미있게 만드는 건 아닐까.

그래서 오늘까지도 기대를 놓지 않고 있다. 2009년에는 원하는 바를 이루지 못했지만, 언젠가 또 우연히 추신수를 만날 날이 오지 않을까. 그날 사인을 받았던 그 사람들처럼 나도 사인볼을 받고 환하게 웃음 지을 수 있는 그날이 언젠가는 오지 않을까 하는 기대 말이다.

'출루 머신' 추신수의 빛났던 5월

Sunday, May 4, 2014

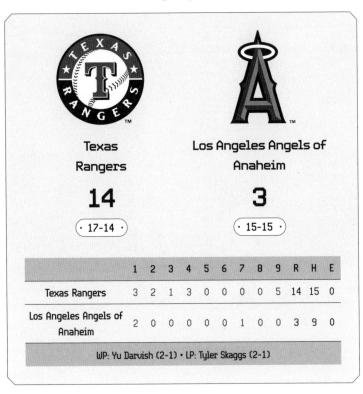

	1	2	3	4	5	6	7	8	9	R	H	E
Texas Rangers	3	2	1	3	0	0	0	0	5	14	15	0
Los Angeles Angels of Anaheim	2	0	0	0	0	0	1	0	0	3	9	0

WP: Yu Darvish (2-1) · LP: Tyler Skaggs (2-1)

메이저리그의 한 시즌은 팀당 162경기를 치르는 대장정이다. 긴 시즌을 치르기 위해서 완급조절은 필수다. 특히 매일 경기에 나서야 하는 타자의 경우 페이스 조절의 중요성은 아무리 강조해도 지나치지 않다. 추신수는 전형적인 슬로 스타터다. 시즌이 진행될수록 페이스를 점점 끌어올려 한 해 농사를 결정짓는 시즌 후반에 빛을 발하는 스타일이다.

그의 통산 성적이 이를 뒷받침한다. 추신수의 메이저리그 통산 월별 성적을 보면 9월과 10월의 OPS(출루율+장타율)가 .893으로 다른 달에 비해 거의 1할가량이 높다. 아메리칸리그 이달의 선수상도 2008년과 2015년, 두 번 수상했는데 모두 9월이었다. 많은 선수들이 지쳐있는 시즌 후반에 힘을 내는 선수는 팀 입장에서 꼭 필요하다. 시즌 마지막 달인 9월은 포스트시즌 진출을 결정짓는 중요한 시기이기 때문이다.

그런 추신수도 시즌 초반 엄청난 활약으로 메이저리그의 주목을 받았던 때가 있었다. 바로 FA 7년 계약이라는 대박을 터뜨리며 텍사스 레인저스 유니폼으로 갈아입은 2014년이었다. 아무래도 계약 첫 해인 만큼 뭔가 보여줘야겠다는 의지가 충만했고, 그 의지가 시즌 초반 호성적으로 이어졌다.

당시 추신수의 활약을 LA 에인절스의 홈인 에인절 스타디움에서 지켜볼 수 있었다. 텍사스 레인저스는 LA 에인절스와 원정 3연전을 치르고 있었고, 원정 3연전 마지막 두 경기를 직관할 수 있었다. 에인절 스타디움은 샌디에이고 펫코 파크에

이은 2014년 미국 서부 여행의 두 번째 목적지였다. 샌디에이고에서 에인절 스타디움이 있는 애너하임까지는 암트랙을 타고 두 시간 정도 거리로 꽤 가까운 편이다.

LA 에인절스와의 원정 3연전에서 추신수는 잔뜩 물오른 타격감을 과시했다. 3연전 첫 경기에서는 솔로홈런 포함 안타 3개를 몰아치며 바로 전 경기 무안타에서 벗어나 기지개를 켰다. 그리고 다음날 경기에서는 안타 2개, 볼넷 2개로 네 차례나 출루하며 '출루 머신'으로서의 면모를 뽐냈다.

직관했던 3차전이 백미였다. 1번 지명타자로 선발 출전한 추신수는 지금은 고인이 된 에인절스 선발 투수 타일러 스켁스를 상대했다. 추신수는 1회 초 첫 타석과 2회 초 두 번째 타석에서 연이어 안타를 기록하며 가볍게 멀티히트 경기를 만들어냈다. 추신수와의 상대에서 버거움을 느낀 에인절스는 세 번째 타석부터는 승부를 피하기 시작했다.

3회 초 고의사구로 출루한 데 이어, 5회 초 네 번째 타석에서는 몸에 맞는 볼로 걸어나갔다. 9회 초 마지막 타석에서도 볼넷을 하나 추가하며 5출루 경기를 기어코 완성했다. 리드오프 타자가 다섯 차례나 출루한 경기에서 팀이 패하기도 어려운 일이었다. 텍사스 레인저스는 추신수의 활약을 발판 삼아 14-3의 대승을 거뒀다.

추신수는 그날 경기로 타율을 .349로 끌어올리며 아메리칸 리그 타율 선두에 등극했다. 출루율은 .482로 독보적인 1위를 유지했다. 경기 중계진도 추신수가 출루할 때마다 아메리칸리그 타격 리더보드를 중계 화면에 올리며 한껏 추신수를 띄웠다.

다음 시리즈는 콜로라도 로키스의 홈구장 쿠어스 필드에서 펼쳐졌는데, 3연전 중 첫 두 경기에서 멀티히트를 기록하며 타율을 .370까지 끌어올렸다. 출루율은 무려 5할이었다. 전미의 주목을 받았던 추신수의 성적은 5할 출루율을 정점으로 조금씩 하향하기 시작했다. 부상까지 겹쳐지며 시즌 초의 성적표를 끝까지 유지하지는 못했지만 왜 텍사스가 고액을 들여 추신수를 영입했는지 그 이유를 증명하는 한 달이었다.

어느새 시간이 흘러 추신수는 현역 커리어가 얼마 남지 않은 황혼에 들어섰다. 2024시즌을 마치고 은퇴를 선언한 추신수를 끝까지 응원하고 싶다. 늘 시즌 후반부에 맹활약을 펼쳤던 것처럼 선수 생활 마지막을 '불꽃' 같은 활약과 함께 멋지게 매듭짓길 기대해 본다.

류현진이 '괴물'이라고 불리는 이유

Monday, October 6, 2014

	1	2	3	4	5	6	7	8	9	R	H	E
Los Angeles Dodgers	0	0	0	0	0	1	0	0	0	1	7	0
St. Louis Cardinals	0	0	1	0	0	0	2	0	X	3	11	0

WP: John Lackey (1-0) · LP: Scott Elbert (0-1) · SV: Trevor Rosenthal (2)

류현진이 '괴물'이라고 불리는 데에는 다 이유가 있다. 등장부터 남달랐다. 2006년 혜성같이 KBO 무대에 등장한 류현진은 데뷔 시즌에 18승을 거두며 한국 프로야구 역사상 처음으

로 신인상과 정규시즌 MVP를 동시에 석권한 선수가 됐다. 그야말로 충격적인 데뷔 시즌이었다. 이후 류현진은 KBO에서 2012시즌까지 7시즌을 소화하며 소속팀 한화 이글스를 넘어 대한민국을 대표하는 특급 에이스로 우뚝 섰다.

무대가 바뀌어도 류현진의 활약은 변함이 없었다. 2013년 시즌을 앞두고 류현진은 LA 다저스와 계약하며 태평양을 건너 미국 무대로 향했다. 선수 생활의 제2막이 열린 것이다. 사실 류현진이 처음 미국에 진출할 때만 해도 그의 활약을 반신반의하는 사람이 많았다. 한국 프로야구에서는 산전수전 다 겪은 베테랑이었지만, 세계 최고의 야구 선수들이 모인 메이저리그 무대에서는 수많은 신인선수 중 한 명이었기 때문이었다.

류현진은 괴물 같은 '적응력'을 선보이며 사람들의 우려 섞인 시각을 잠재웠다. 메이저리그 데뷔 시즌이었던 2013시즌에 류현진은 14승 8패, 평균자책점 3.00이라는 빼어난 성적을 거두며 기라성 같은 선수들과 어깨를 나란히 했다. 당시 호세 페르난데스, 야시엘 푸이그 등 뛰어난 신인들이 대거 등장한 탓에 신인상을 수상하지는 못했지만, 다른 시즌에 데뷔했다면 신인상을 수상하기에도 전혀 부족함이 없는 성적이었다.

적응력 외에도 류현진의 괴물 같은 면모를 보여주는 것이 또 있다. 바로 괴물 같은 '회복력'이다. 2019시즌 메이저리그 평균자책점 1위의 위업을 달성하며 FA 대박을 맞이한 류현진이지만 불과 몇 년 전에는 선수생활에 중대한 위기를 맞이했었다. 어깨 관절와순 수술로 2년 동안 한 차례 등판에 그치는 등 두 시즌(2015-2016)을 거의 통째로 날린 것이다. 같은 수술을 받은 선수 중 재기에 성공한 선수들이 많지 않은 탓에 류현진의 재기 또한 누구도 확신할 수 없었다. 하지만 류현진은 결국 돌아왔고, 오히려 수술 이전보다 더 진화한 모습으로 메이저리그 마운드에 우뚝 섰다.

그에 앞서 2014년에도 류현진은 괴물 같은 회복력을 선보인 바 있다. 그해 류현진은 정규시즌이 끝날 무렵이었던 9월 중순에 어깨 통증으로 선발 로테이션에서 빠지며 그대로 정규시즌을 마감했다. 소속팀 다저스가 포스트시즌 진출에 성공했지만, 류현진이 포스트시즌 마운드에 설 수 있을지는 미지수였다.

부상의 정도에 따라 다르지만, 일반적으로 투수의 경우 캐치볼→불펜 피칭→시뮬레이션 피칭(타자를 타석에 세워놓고 하는 투구)→마이너리그 실전 경기 등판 순으로 재활을 진행한다. 류현진의 경우 포스트시즌이 얼마 남지 않은 시점에서 부상을 당한 데다가 마이너리그 시즌도 이미 끝이 난 상황이라 몸 상태를 점검할 수 있는 실전 등판이 어려운 상황이었다.

이런 어려움 속에서도 당시 다저스 감독이었던 돈 매팅리는 클레이튼 커쇼, 잭 그레인키를 잇는 포스트시즌 3선발로 류현진을 낙점했다. 시즌 성적으로 보면 당연한 결정이었지만, 포스트시즌을 앞두고 부상으로 3주가량 실전 경기에 나서지 못한 투수를 포스트시즌 마운드에 바로 세운다는 것은 쉬운 결정이 아니었을 것이다.

류현진을 향한 우려는 기우에 불과했다. 세인트루이스 카디널스와의 내셔널리그 디비전시리즈 3차전에 선발 등판한 류현진은 94개의 공을 뿌리며 6이닝을 5피안타 1실점으로 잘 버텼다. 팀의 1-3 두 점차 패배로 류현진의 역투가 가려졌지만 3주간의 실전 공백이 있었던 투수라고는 믿기지 않는 훌륭한 투구를 선보였다. 당시 부시 스타디움에서 경기를 직관했는데, 유일한 아쉬움은 훌륭한 투구가 팀의 승리로 이어지지 못했다는 점이었다.

'적응력', '회복력' 외에도 류현진의 괴물 같은 면모를 보여주는 능력들은 수없이 많다. 습득력도 그중 하나다. 다른 투수들은 수년 동안 시간을 들여 겨우 해내는 구종 추가도 류현진은 단시간 안에 척척 해낸다. 물론 그 과정에서 피나는 노력을 수반하기에 가능한 일이겠지만 말이다. 천재성과 피나는 노력을 겸비한 '코리안 몬스터' 류현진이라면 뛰는 무대가 어디든 기대를 걸어볼 수 있지 않을까?

최고의 불꽃놀이 명당은 야구장입니다

남녀노소를 불문하고 모두 즐길 수 있는 이벤트를 꼽는다면 불꽃놀이를 빼놓을 수 없을 것이다. 하늘을 화려하게 수놓는 불꽃을 보고 있노라면 가슴에 쌓인 근심 걱정들이 모두 사그라드는 기분마저 든다. 모든 이벤트가 그러하듯 같은 불꽃놀이라 하더라도 누구와 함께 하느냐, 어디서 보느냐에 따라 보고 나서의 느낌이나 감명은 달라질 수 있다. 그런 의미에서 최고의 불꽃놀이 명당으로 야구장을 추천한다.

야구장에서의 불꽃놀이를 처음 경험했던 것은 2009년 클리블랜드의 홈구장 프로그레시브필드에서였다. 현지 시각으로 저녁 7시에 시작한 시애틀 매리너스와의 경기가 끝난 이후 불꽃놀이가 예정되어 있었다. 야구장 불꽃놀이의 감흥을 배가시키는 데에는 역시 홈팀의 승리만한 게 없다. 1회 초에만 3점을 실점하며 기선을 빼앗긴 클리블랜드였으나, 3회 말과 4회 말, 그리고 7회 말에 한 점씩 따라붙으며 승부를 연장으로 끌고 갔다.

두 팀은 연장 11회, 경기시간으로 따지면 3시간이 넘는 팽팽한 접전을 펼쳤다. 끝내 웃은 건 홈팀 클리블랜드였다. 연장 11회 말 2사 이후 터진 루이스 발부에나의 끝내기 홈런에 힘입어 클리블랜드는 4-3의 짜릿한 역전승을 거둘 수 있었다. 홈 팬들은 모두 자리에서 일어나 열광하기 시작했고, 승리의 여운이 채 가시기 전에 불꽃놀이가 시작됐다.

불꽃놀이는 그날 경기 이후 예정되었던 'ROCK' n BLAST 09' 이벤트의 하이라이트였다. 퀸의 'We Wil Rock You', 비틀즈의 'Twist and Shout' 등 듣기만 해도 가슴이 뻥 뚫리는 듯한 음악과 함께 형형색색 화려한 불꽃이 클리블랜드의 하늘을 장식했다. 밤이 깊어지는 줄도 모르고 클리블랜드에서의 불꽃놀이를 만끽했다. 끝내기 홈런으로 끝난 홈팀의 극적인 승리와 함께여서 더욱 아름답게 느껴졌던 불꽃놀이였다.

클리블랜드보다 더욱 오랜 여운을 남겼던 불꽃놀이는 2013년 LA 다저 스타디움에서의 불꽃놀이였다. 8월 30일 샌디에이고 파드레스와의 홈경기였고, 그날 경기 선발투수는 다름 아닌 류현진이었다. 류현진은 6.1이닝 동안 8피안타 1실점으로 호투했고, 애드리안 곤잘레스가 2개의 홈런을 터뜨리는 등 팀

타선의 넉넉한 지원 속에 9-2, 다저스의 완승으로 마무리된 경기였다. 동시에 류현진은 메이저리그 데뷔 시즌 13승째를 수확한 경기였다.

다저 스타디움에서의 불꽃놀이가 특별했던 건 선수들이 뛰는 그라운드 위에서 불꽃놀이를 즐길 수 있다는 점 때문이었다. 현지 기준 금요일 경기였는데, 당시 다저스 구단은 금요일 홈경기가 끝난 이후 선수들의 온기가 고스란히 남아있는 그라운드를 팬들에게 개방했다. 경기가 끝남과 동시에 관중석에 자리했던 팬들이 하나둘씩 그라운드로 모여들었고, 저마다 불꽃놀이를 보기 위한 최적의 위치를 찾기 시작했다.

그 자체로 이색적인 분위기였다. 선수들이 직접 뛰는 공간에서 불꽃놀이를 즐긴다는 자체가 사실 매우 낭만적인 일이었다. 불꽃놀이가 끝난 이후에도 그라운드에 남아서 여운을 즐겼다. 내가 메이저리그 야구선수가 된 것처럼 베이스를 돌며 뛰어보기도 하고, 그라운드에 털썩 앉아 그대로 누워보기도 했다.

어떤 이들은 미리 준비해 온 글러브와 공으로 캐치볼을 즐기기도 했고, 삼삼오오 모여 기념 촬영을 하기도 했다. 캘리포니아 특유의 쾌청한 날씨와 맑은 하늘까지 어우러져 평화롭고 따뜻한 분위기를 형성했다. 예정된 행사가 모두 끝나고 많은 사람이 경기장을 빠져나간 후에도 이대로 경기장을 나가고 싶지 않아 그라운드 주변을 계속 맴돌았다. 그리고 숙소에 돌아와서도 촬영했던 동영상을 반복 재생하며 그날 받았던 느낌을 잊지 않으려 되새겼다. 최고의 불꽃놀이 명당은 역시 야구장이다.

You can't measure heart
with a rader gun.

야구에 대한 내 열정은
스피드건에 찍히지 않는다.

탐 글래빈
통산 305승, 명예의 전당 헌액 투수

엘리베이터에서 커쇼를 만나다

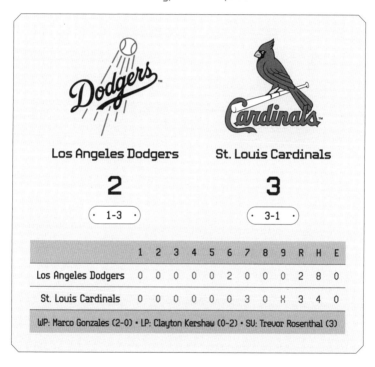

Tuesday, October 7, 2014

Los Angeles Dodgers **St. Louis Cardinals**

2 3

· 1-3 · · 3-1 ·

	1	2	3	4	5	6	7	8	9	R	H	E
Los Angeles Dodgers	0	0	0	0	0	2	0	0	0	2	8	0
St. Louis Cardinals	0	0	0	0	0	0	3	0	X	3	4	0

WP: Marco Gonzales (2-0) · LP: Clayton Kershaw (0-2) · SU: Trevor Rosenthal (3)

"자네가 아지 스미스를 안다고? 그렇다면 투수보다 타자 몸
값이 높은 이유를 알고 있나?"

"네. 타자는 everyday player이기 때문에 그렇습니다."

"허허. 제법인데 이 친구."

한 학기가 끝난 뒤 종강 기념 전공 교수님과의 식사 자리였다. 그는 그 당시만 해도 국내에서 흔히 보기 어려운 세인트루이스 카디널스의 팬이었다. 아마도 미주리대학교에서 석사와 박사 과정을 밟으면서 자연스럽게 카디널스의 팬이 되셨으리라 짐작한다. 야구광이라고 내 소개를 하자 그는 나를 테스트하기 위해 몇 가지 질문을 던졌고, 막힘없이 질문에 대답하자 흠칫 놀란 눈치였다. 1980년대에 카디널스의 유격수로 이름을 떨쳤던 아지 스미스를 1986년생인 내가 알고 있다는 것만으로도 신선한 충격을 받으신 듯했다.

그로부터 약 4년이 흘러 2014년 10월 4일, 그날은 나의 결혼식 날이자 세인트루이스 카디널스와 LA 다저스의 디비전시리즈 1차전이 열리는 날이었다. 인생에서 가장 떨리는 순간인 결혼식을 앞두고 있었지만 휴대폰에서 눈을 뗄 수가 없었다. 당시 다저스 팬이었던 나에게는 매우 중요한 경기였기 때문이다. 실로 그날 경기 결과는 충격적이었다. 6회까지 6-2로 앞서며 기선을 제압하는 듯했던 다저스는 7회에만 8실점 하며 역전을 당했고, 결국 그 충격을 극복하지 못하고 1차전을 카디널스에 내줬다. 패배의 책임은 1차전 선발이라는 중책을 맡았던 클레이튼 커쇼에게 쏟아졌다. 팀의 에이스로 절대적인 팬들의 지지를 받았던 그였기에 충격은 배가됐다.

그날 결혼식의 주례는 카디널스의 팬이었던 전공 교수님이 맡아주셨다. 결혼식이 끝난 후 교수님께 신혼여행으로 세인트루이스에 갈 것이라고 말씀드리자, 교수님은 카디널스의 팬이냐고 되물으셨다. 다저스의 팬이라고 말씀드리자 교수님은 마치 어차피 질 게임을 왜 보러 가냐는 듯한 눈빛으로 나를 바라보셨다. 그만큼 그도 카디널스 팬으로서 자긍심이 있었고, 나 역시도 다저스가 반드시 시리즈를 뒤집을 수 있을 것이라는 자신감이 있었다.

2014년 10월 7일 부시 스타디움에서 열린 내셔널리그 디비전시리즈 4차전. 2차전을 승리했지만 세인트루이스 원정에서 열린 3차전에서 패하며 다저스는 1승 2패로 수세에 몰렸다. 한 게임만 더 지면 시즌이 끝나는 일리미네이션 게임에 다저스는 클레이튼 커쇼를 다시 앞세웠다. 3일 휴식 후 등판이라는 모험수를 던지며 많은 이들의 우려를 샀지만, 커쇼는 주변의 우려를 불식시키는 투구를 보여줬다.

실로 압도적이었다. 6회까지 커쇼는 삼진 9개를 곁들이며 카디널스 타선을 잠재웠다. 특히 6회 피트 코즈마-맷 카펜터-랜달 그리첵으로 이어지는 타선을 모두 삼진으로 돌려세우며 기세를 올렸다. 다저스 타선이 6회 초 2점을 지원하며 2-0으로 앞서 나갔기에 시리즈를 2승 2패 동률로 만들며 다저스 홈으로 돌아갈 수 있을 것이라는 기대감이 절정에 달했다.

...

    NLDS 3차전을 하루 앞둔 다저스의 숙소. 1차전 충격적인 패배를 당했지만 다음날 열린 2차전에서 8회 말 맷 캠프의 극적인 결승홈런을 앞세워 3-2로 승리하며 시리즈의 균형을 맞췄기에 다저스의 팀 분위기는 나쁘지 않았다. 오히려 상승세를 타는 듯했다.

    신혼여행지로 세인트루이스를 선택한 건 오로지 NLDS 3, 4차전을 직관하기 위함이었다. 직관에 모든 포커스를 맞추었기 때문에 숙소도 경기장에서 가장 가까운 곳으로 선택했다. 그 덕분에 원정길에 오른 다저스 선수들과 같은 숙소를 쓰는 행운도 누릴 수 있었다.

    체크인을 위해 숙소에 들어서자마자 익숙한 얼굴들이 보였다. 체크인을 마치고 방으로 이동하기 위해 엘리베이터 앞에 섰을 때, 내 앞에 있는 사람은 놀랍게도 NLDS 1차전 선발이었던 클레이튼 커쇼와 그의 아내 엘런 커쇼였다. 나는 그렇게 나의 우상과도 같은 클레이튼 커쇼와 같은 엘리베이터를 타게 되었다.

    어색한 침묵이 흘렀다. 커쇼는 NLDS 1차전 패배의 충격과 자책에서 벗어나지 못한 듯했다. 표정이 너무나 어두웠고 침울해 보였다. 그의 아내 엘런 커쇼는 묵묵히 그의 옆을 지킬 뿐이었고, 커쇼의 엄청난 팬이었던 나 역시도 그에게 쉽사리 말을 건네지 못했다. 단지 해주고 싶었던 말이 있었다면 '나는 여전히 너를 믿는다. 앞으로의 시리즈에서 충분히 만회할 수 있고, 다저스를 NLCS로 이끌 사람은 너뿐이다'라는 것이었다. 물론 그때 나는 아무 말도 그에게 하지 못한 채 엘리베이터에서 내릴 수밖에 없었다. 지금도 생각하면 후회가 되는 순간이다. 아무것도 아닌 나의 자그마한 격려가 나비효과가 되어 NLDS 4차전의 결과를 바꿀 수는 없었을까?

. . .

다시 NLDS 4차전. 6회까지 순항하던 클레이튼 커쇼는 7회 말 들어 가장 큰 위기를 맞이했다. 맷 할러데이-자니 페랄타에게 연속 안타를 허용하며 무사 1,2루의 위기. 타석에는 좌타자 맷 애덤스가 등장했다. 이전 타석까지 무안타로 꽁꽁 묶였던 애덤스가 2구째 커쇼의 커브를 통타, 우측 담장을 넘기는 스리런 홈런으로 연결하며 순식간에 경기의 흐름이 뒤바뀌었다. 시즌 내내 좌타자를 상대로 엄청난 위력을 발휘했던 커브로 맞은 홈런이어서 충격이 더 컸다.

카디널스의 3-2 역전. 커쇼는 홈런을 맞자마자 페드로 바에즈로 교체되며 고개를 숙였다. 한번 뒤집힌 흐름을 다저스는 결국 반전시키지 못했고, 1승 3패로 다음 무대인 NLCS에 진출하지 못했다.

카디널스와의 디비전 시리즈 두 경기는 커쇼의 2014시즌 옥의 티였다. 부상으로 4월 한 달간 투구를 하지 못했음에도 커쇼는 21승 3패, 평균자책점 1.77이라는 압도적인 성적을 거두며 그해 내셔널리그 사이영상은 물론 투수로서 받기 힘든 MVP까지 차지했다. 6월 18일 콜로라도 로키스와의 홈경기에서는 노히트노런의 위업을 달성하기도 했다. 하지만 가장 중요한 포스트시즌 두 경기를 망치면서 커쇼의 2014시즌은 해피엔딩으로 끝나지 못했다. 포스트시즌만 되면 제 실력을 발휘하지 못한다는 '가을 커쇼'의 오명은 아직도 해결하지 못한 커쇼의 숙제다.

• • •

신혼여행에서 돌아온 나는 한국에 도착하자마자 교수님께 주례를 봐주셔서 감사하다는 메시지를 보냈다. 교수님은 다저스 패배로 인한 나의 충격을 헤아리듯 '다저스가 져서...행복하게 살게나'라는 답장을 보내오셨다.

이후에도 나는 여전히 다저스, 그리고 커쇼의 열렬한 팬이지만 다가오는 시즌 카디널스의 선전 또한 기대한다. 그리고 NLDS 또는 더 큰 무대에서 카디널스를 만나 다시 한번 진검승부를 벌였으면 좋겠다. 그 경기에서 커쇼가 지난 과거를 훌훌 털어내는 호투를 보여준다면 더할 나위 없이 기쁠 것 같다.

흔한 커쇼팬의 사내 메일 ID

Tuesday, October 24, 2017

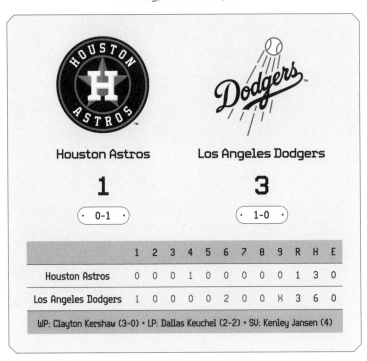

	1	2	3	4	5	6	7	8	9	R	H	E
Houston Astros	0	0	0	1	0	0	0	0	0	1	3	0
Los Angeles Dodgers	1	0	0	0	0	2	0	0	X	3	6	0

WP: Clayton Kershaw (3-0) · LP: Dallas Keuchel (2-2) · SU: Kenley Jansen (4)

최근에 직장을 옮기게 되었다. 회사마다 사내 메일 아이디
를 정하는 정책이 달라 본인이 아이디를 정할 수 있는 회사
가 있는 반면 회사에서 지정하는 아이디를 반드시 써야 하

는 경우도 있다. 이번에 옮기게 된 회사에서는 본인의 아이디를 직접 정할 수 있었다. 내 선택은 여지없이 clayton이었다. clayton은 LA 다저스를 대표하는 선수이자 메이저리그를 대표하는 투수인 커쇼의 이름이다. clayton은 나의 브런치 작가명이기도 하다.

영문이름 이니셜을 반드시 사내 메일 아이디로 써야 했던 첫 번째 회사를 제외하고는 항상 사내 메일 아이디를 clayton으로 사용했었다. 회사는 옮기게 되었지만, 이번에도 사내 메일 아이디는 변함이 없는 셈이다. 사내 메일 아이디를 내가 하고 싶은 대로 정할 수 있는 건 소소한 재미이다. 사내 메일 주소는 명함에도 고스란히 새겨진다. 나라는 사람을 대표하는 명함에 내가 가장 좋아하는 선수의 이름을 함께 새길 수 있다는 점에서 왠지 모를 뿌듯함까지 느껴진다.

커쇼가 데뷔하기 전 나의 온라인 아이디는 majorgreen이었다. 메이저리그의 'major'와 2000년부터 2004년까지 다저스에서 뛰었던 외야수 숀 그린의 성 'green'의 합성어였다. 왜인지는 잘 모르겠지만 아주 어릴 적부터 오른손 타자보다는 왼손 타자를 좋아했다. 숀 그린은 좌타자인 데다가 빠른 발까지 갖춰 한 시즌에 홈런과 도루를 20개 이상 기록할 수 있는, 내가 가장 좋아하는 유형의 타자였다.

은퇴한 지 10년이 넘었지만, 아직까지도 숀 그린하면 떠오르는 것이 몇 가지 있다. 홈런을 치고 본인의 배팅장갑을 벗어 관중석으로 던져주는 장면, 유대인 혈통으로 유대교 명절인 욤 키푸르에 결장하며 본인의 연속 경기 출장 기록을 스스로 마감했던 장면, 박찬호 선발 등판 경기에서 맹활약하며 '찬호 도우미'로 국내에서 인기를 얻었던 기억 등이다. 2001시즌에 숀 그린이 기록한 49개의 홈런은 아직까지도 다저스 프랜차이즈 한 시즌 최다 홈런 기록으로 남아있다.

숀 그린이 2007시즌을 끝으로 은퇴한 뒤 커쇼는 내가 가장 아끼는 선수가 되었다. 공교롭게도 커쇼는 숀 그린이 은퇴한 바로 다음 시즌인 2008시즌에 메이저리그에 데뷔했다. 가장 좋아하는 선수인 만큼 커쇼의 선발 등판 경기만 지금까지 세 차례 직관했다. 두 번 직관했던 류현진 선발 등판 경기보다 한 번 더 많은 횟수이며, 내가 직관했던 경기에 선발로 최다 등판한 선수가 커쇼다.

그중 최고의 경기는 역시 휴스턴 애스트로스와의 2017년 월드시리즈 1차전이었다. 그 경기는 내가 직관했던 경기뿐 아니라 커쇼의 포스트시즌 커리어에서 가장 빛났던 경기였다. 4회 초에 알렉스 브레그먼에게 허용한 솔로 홈런을 제외하고는 실로 완벽한 경기였다. 커쇼는 7이닝 동안 11개의 삼진을 잡아내며 휴스턴 타선을 압도했고, 3-1 팀 승리의 주역이 됐다. 1988년 이후 29년 만에 홈팬들에게 선물한 월드시리즈 승리였다.

월드시리즈 1차전에서 그토록 완벽했던 커쇼였지만, 휴스턴 원정에서 펼쳐진 월드시리즈 5차전에서는 팀을 승리로 견인하지 못했다. 휴스턴의 사인 훔치기 치팅 논란으로 말도 많고 탈도 많은 바로 그 경기다. 에이스의 책임감으로 홈에서 열린 월드시리즈 7차전에도 구원 등판한 커쇼는 4이닝을 무실점으로 틀어막았지만 무너진 승부의 균형을 다시 돌리기에는 이미 너무 늦은 상태였다.

직장생활을 하다 보면 아무리 야구팬이라 한들 일보다 야구가 우선이 될 수 없다. 맡은 바 일에 집중하는 것이 직장인의 본분이기 때문이다. 주말 및 한국 시간 새벽에 펼쳐지는 경기를 제외하면 시즌 대부분의 경기는 회사 사무실에 있을 때 진행된다.

사내 메일 아이디로 clayton을 쓴다는 것은 그런 의미인 것 같다. 비록 매 경기를 라이브로 보며 응원할 수는 없지만, clayton이라는 사내 메일 아이디로 회사에서 주어진 일을 열심히 하면서 마음만은 항상 지구 반대편에 있는 야구장에서 함께 하고 싶다는 뜻이랄까. 새로 옮긴 회사에서도 최선의 노력으로 적응하는 동시에 다가오는 다저스의 시즌도 마음만은 항상 커쇼와, 다저스 선수단과 함께하고 싶다.

커쇼도 나무에서 떨어질 때가 있다

Tuesday, August 27, 2013

Chicago Cubs
3
· 56-76 ·

Los Angeles Dodgers
2
· 77-55 ·

	1	2	3	4	5	6	7	8	9	R	H	E
Chicago Cubs	0	0	1	0	0	1	1	0	0	3	9	1
Los Angeles Dodgers	0	0	0	0	0	1	0	1	0	2	7	2

WP: Travis Wood (8-10) · LP: Clayton Kershaw (13-8) · SV: Kevin Gregg (27)

 승패를 쉽게 예측할 수 없어 더 매력적인 스포츠가 야구다. 아무리 잘하는 팀도 긴 시즌을 치르다 보면 10번 중에 4번 꼴로 진다. 팀의 에이스도 9이닝 평균 3점은 내주고, 아무리 좋은 타자도 10번 중에 6번 이상은 실망감과 함께 더그아웃으로 발걸음을 돌린다.

'공은 둥글다'라는 스포츠계 격언은 야구에도 분명 통용되는 말이다. 하지만 정규시즌의 커쇼라면 이야기가 달라진다. 전성기 커쇼는 의심할 여지없는 확실한 승리 보증수표였다. 포스트시즌만 가면 초라해지는 커쇼지만, 정규시즌 성적만큼은 타의 추종을 불허한다.

가장 부진했다는 2021시즌에도 커쇼는 10승 8패, 3.55의 평균자책점을 기록했다. 이름을 가리고 보면 웬만한 선수의 커리어 하이 시즌 성적이라고 해도 믿을만한 수치인데 그 성적이 커쇼에게는 커리어 로우 시즌이라니 무슨 말이 더 필요할까 싶다.

그만큼 커쇼의 정규시즌 성적은 화려하다. 2023년까지 통산 16시즌에서 210승을 거두는 동안 패전투수가 된 것은 92번에 불과하다. 승률로 따지면 7할에 가깝다. 사이영상을 수상했던 2011년과 2014년에는 21승을 거두며 8할이 넘는 승률을 기록하기도 했다. 커쇼가 정규시즌 마운드에 오르면 경기에서 질 거라는 생각이 좀처럼 들지 않았다.

말로만 듣던 커쇼의 투구를 처음 직관한 날도 그랬다. 2013년 8월 27일 시카고 컵스와의 홈경기였는데, '오늘 경기는 무조건 이기겠지'라는 부푼 마음을 안고 다저 스타디움으로 향했다. 커쇼에게 믿음을 줄 수밖에 없었던 것이, 당시 커쇼의 8월 페이스가 정말 대단했다. 직전 3경기에서 모두 8이닝을 소화했고 3경기 동안 자책점은 단 1점에 불과했다. 시즌 평균자책점은 1.72까지 떨어뜨린 상황.

지나친 확신 때문이었을까. 커쇼는 1회 초부터 주자 2명을 내보내며 고전했다. 후속 타자들을 삼진으로 돌려세우며 실점은 면했지만 투구수가 1회에만 30개에 육박했다. 2회는 잘 넘겼지만 3회에 곧바로 위기가 닥쳤다. 상대 투수 트래비스 우드에게 안타를 맞은 것이 화근이었다. 1사 이후 디오너 나바로에게 적시타를 허용하며 커쇼는 이날 경기 첫 실점을 기록했다.

순항하던 커쇼에게 6회 초, 또 한 번의 위기가 찾아왔다. 6회 시작과 함께 안타와 볼넷을 허용하며 무사 1, 2루에 몰린 것. 삼진으로 아웃카운트 2개를 잡아내며 실점 위기에서 벗어났다고 안도한 순간. 다음 타자 스탈린 카스트로의 타구가 3루수와 유격수 사이를 뚫어내며 커쇼의 이날 경기 두 번째 실점으로 이어졌다.

투구 수는 이미 108개에 달한 상황. 투수 교체를 고려하지 않을 수 없었다. 결국 커쇼는 브라이언 윌슨에게 마운드를 넘기며 이날 경기 피칭을 마무리했다. 다저스는 커쇼가 마운드를 내려간 이후 두 점을 쫓아갔지만, 7회에 한 점을 더 보탠 컵스

를 결국 따라잡지 못했다. 커쇼의 3연승이 끝남과 동시에 시즌 8패째를 기록한 순간이었다. 5.2이닝 2실점의 기록상 나쁘지 않은 투구였지만, 정규시즌 커쇼의 이름값에는 분명 미치지 못하는 투구였다.

무조건 이길 것으로 생각했던 경기에서 맛본 패배의 쓴맛은 더욱 쓰고 강렬했다. 아마도 커쇼는 마운드에 오를 때마다 자신이 등판한 경기에서 반드시 이겨야 한다는 부담감과 싸워야 했을 것이다. 그것이 에이스의 숙명이라고는 하나 어깨에 짊어졌을 부담감과 기대의 무게를 생각해 보면 상상만 해도 잔혹하게 느껴진다.

나 역시도 나에 대한 기대치가 매우 높은 편이었고, 실수를 했을 때 실망과 자책을 많이 했었다. 하지만 나이가 들수록 조금씩 이를 내려놓게 됐다. 실수는 누구나 할 수 있는 것이고, 실수를 반복하지 않는 것이 더 중요하다는 것을 깨달았기 때문이었다.

커쇼도 나무에서 떨어질 때가 있다. 하지만 실수를 반복하지는 않았다. 커쇼는 이어진 9월 다섯 경기에서만 3승을 더 추가하며 결국 그해에 본인 통산 두 번째 사이영상을 거머쥐었다. 여러모로 커쇼는 참 대단한 투수이자 본받을 만한 사람이다.

· 5회 초 ·

MLB는 몰라도 양키스는 압니다

새로운 구장에서 팬들을 맞이할 준비를 마친 모든 팀이 개장시즌 우승을 꿈꾼다. 우승만큼 새로운 구장으로 팬들을 끌어모을 확실한 요인이 없기 때문이다. 그래서 많은 MLB팀이 새로운 구장을 개장하는 시기에 맞추어 팀의 리빌딩 작업을 마치고 엄청난 투자로 즉시전력감을 끌어모아 개장 첫 해 우승이라는 꿈같은 이야기를 실현하기 위해 노력한다.

2009년 양키스 역시 그랬다. 뉴 양키 스타디움 개장과 함께 2009시즌을 맞이한 양키스는 오프시즌 내내 큰 손다운 행보를 보였다. CC 사바시아, AJ 버넷과 계약하며 선발진을 두텁게 했고, 1루수 마크 테셰이라까지 영입하며 타선의 무게감을 더했다. 세 선수를 영입하는 데에만 4억 달러, 한화로 5,000억 원

에 달하는 천문학적인 대가를 지불했다.

　다 이유가 있었다. 90년대 말 양키스는 타의 추종을 불허하는 강팀이었다. 1998년부터 2000년까지는 3년 연속 월드시리즈 제패라는 위업을 달성하기도 했다. 그런 양키스가 조금씩 균열을 보이기 시작한 것이 바로 역대 월드시리즈에서도 명승부로 꼽히는 2001년 월드시리즈다. 상대 팀이 'Born to K' 김병현의 소속팀 애리조나 디백스였기에 국내 팬들에게 오랫동안 기억에 남아있는 월드시리즈이기도 하다. 그해 최종전인 7차전까지 가는 피 말리는 승부 끝에 우승한 팀은 양키스가 아닌 애리조나였다. 그것도 양키스의 상징과도 같았던 '수호신' 마리아노 리베라에게 뺏어낸 9회 말 끝내기 승리였다.

　2003년의 패배는 더욱 충격적이었다. 애런 분의 ALCS 7차전 극적인 끝내기 홈런으로 숙적 보스턴을 무너뜨린 양키스는 2003 월드시리즈에서 플로리다 말린스를 만났다. 양키스를 가로막은 것은 '신성' 조시 베켓이었다. 베켓은 우승을 확정 지은 6차전 완봉승을 포함, 월드시리즈 두경기에서 16이닝 1실점으로 양키스 타선을 꽁꽁 묶었다.

　보스턴과의 리매치가 성사된 다음 해 ALCS에서 양키스는 7전 4선승제 시리즈에서 역대 처음으로 3연승 후 4연패의 '리버스 스윕'을 당하며 월드시리즈 진출에도 실패하고 만다. 그리고 구 양키 스타디움을 사용한 마지막 해였던 2008년까지 양키스는 월드시리즈 무대를 밟지 못했다. 월드시리즈 최다 우승 팀인 양키스 입장에서는 자존심 상할 만한 일이었다. 새 구장 개장을 앞두고 양키스의 월드시리즈 우승을 향한 갈망은 절정에 달했다.

2009년, 양키스는 월드시리즈에서 전년도 우승팀 필라델피아 필리스를 무너뜨리고 9년 만의 정상 탈환에 성공했다. '고질라' 마쓰이 히데키의 활약이 결정적이었다. 마쓰이는 월드시리즈 6경기에서 13타수 8안타(타율 .615)의 미친 타격감을 선보이며 필라델피아 투수진을 초토화했다. 월드시리즈 MVP도 당연히 그의 차지였다. 양키스의 27번째 월드시리즈 우승은 그렇게 만들어졌다.

양키스는 2009년 우승 이후 13년 동안 월드시리즈 우승 트로피를 가져오지 못했지만, 27번의 월드시리즈 우승 기록은 여전히 역대 최다 기록으로 남아있다. 세인트루이스 카디널스의 2위 기록(11번)과 두 배 이상 차이 나는 넉넉한 격차다. 월드시리즈 우승 기록에서 보듯 양키스는 자타공인 MLB를 대표하는 최고의 명문구단이다. MLB는 몰라도 양키스는 안다는 사람이 있을 정도니 더 이상의 미사여구는 필요 없을 듯싶다.

뉴 양키 스타디움 곳곳에서 오랜 역사, 찬란한 우승 기록, 베이브 루스를 비롯한 MLB를 대표하는 전설적인 선수의 존재 등에 대한 양키스만의 프라이드를 가득 느낄 수 있다. 그리고

GEORGE HERMAN "BABE" RUTH
1895 - 1948

A GREAT BALL PLAYER
A GREAT MAN
A GREAT AMERICAN

ERECTED BY
THE YANKEES
AND
THE NEW YORK BASEBALL WRITERS

APRIL 19, 1949

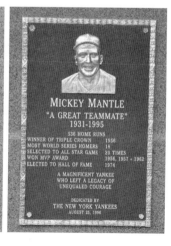

MICKEY MANTLE
"A GREAT TEAMMATE"
1931 - 1995

536 HOME RUNS
WINNER OF TRIPLE CROWN   1956
MOST WORLD SERIES HOMERS   18
SELECTED TO ALL STAR GAME   20 TIMES
WON MVP AWARD   1956, 1957 + 1962
ELECTED TO HALL OF FAME   1974

A MAGNIFICENT YANKEE
WHO LEFT A LEGACY OF
UNEQUALED COURAGE

DEDICATED BY
THE NEW YORK YANKEES
AUGUST 25, 1996

양키스는 새 구장 개장 첫 해 우승까지 차지하며 또 다른 자랑 거리를 하나 만들어냈다. 양키스의 역사는 오늘도 새로 쓰이고 있다.

'충격의 연속' MLB 첫 직관하던 날

Saturday, August 15, 2009

San Francisco Giants

5

· 63-53 ·

New York Mets

4

· 54-62 ·

	1	2	3	4	5	6	7	8	9	10	R	H	E
San Francisco Giants	0	0	0	0	0	3	1	0	0	1	5	11	0
New York Mets	0	0	0	1	0	0	0	3	0	0	4	7	1

WP: Brian Wilson (5-5) · LP: Francisco Rodríguez (2-4)

누구에게나 '처음'이라는 단어가 주는 의미는 각별하다. 사람들은 저마다 인생에서 무수히도 많은 첫 순간을 경험한다. 시간이 지남에 따라 기억이 무뎌지고 디테일한 것들은 희미해

지지만, '처음' 경험하는 순간에서 느꼈던 그 감정만큼은 평생 잊을 수가 없다. 그만큼 '처음'이 주는 임팩트는 강렬하다. 그래서 뉴욕 메츠의 홈구장 시티필드에서 보았던 내 인생 첫 MLB 직관 경기를 평생 잊을 수 없을 것 같다.

역시나 백문이 불여일견이었다. 수많은 메이저리그 경기를 TV로 '집관'했지만, 실제로 메이저리그 야구장에서 '직관'하는 것과는 차원이 다른 일이었다. 가장 먼저 눈을 사로잡은 건 경기장의 경관이었다. 경기장을 찾은 2009년은 시티 필드의 개장 원년이었다. 갓 개장한 구장인만큼 따끈따끈한 최신식 구장의 위용을 자랑했다.

그때까지만 해도 가본 야구장이라고는 잠실 야구장이 전부였던 내게 시티 필드는 커다란 충격으로 다가왔다. 우선 구장 사이즈에 압도되고 말았다. 최대 4만 명 이상의 관중을 수용할 수 있는 시티필드는 TV로 경험했던 것 이상의 웅장함을 뽐내고 있었다.

사이즈뿐만이 아니었다. 시티 필드는 최신식 구장이 가질 수 있는 이점을 고스란히 가지고 있었다. 보스턴 레드삭스의 홈 펜웨이 파크, 시카고 컵스의 홈 리글리 필드 등 역사가 긴 야구장과는 또 다른 매력이었다. 선수들에게는 오롯이 경기에만 집중할 수 있는 환경을, 경기장을 찾은 팬들에게는 마치 집에서 야구를 보듯 편안하고 쾌적한 환경을 제공하고 있었다.

한 가지 예로 구장 내 에스컬레이터가 설치되어 있어 층간 이동이 편리했다. 노약자나 몸이 불편한 사람들도 얼마든지 야구장에서 야구를 즐길 수 있도록 배려하는 정성이 느껴지는 대목이었다.

펜웨이 파크 하면 그린 몬스터, 리글리 필드 하면 담쟁이덩굴이 떠오르듯 메이저리그 구장은 저마다의 명물이 하나씩은 있다. 시티 필드는 뉴욕을 상징하는 '빅애플'이 담장 너머에서 시티 필드만의 특색을 더해주고 있었다. 셰이 스타디움에서 시티 필드로 홈구장은 이전했지만 빅애플은 그대로였다. 메츠 선수가 홈런을 기록하는 순간 빅애플도 수면 위로 자취를 드러내 홈런에 고무된 홈팬들을 반갑게 맞이한다.

가장 놀라웠던 건 역시나 선수들의 경기력이었다. 세계 최고의 야구 선수들이 모인 메이저리그답게 한시도 눈을 뗄 수 없는 최고의 기량이 그라운드를 수놓았다. 선발 매치업부터 화려했다. 원정팀 자이언츠의 선발은 그 해 올스타 투수로 발돋움한 맷 케인이었고, 그에 맞서는 홈팀 선발은 미네소타 트윈스 시절 사이영상을 두 번이나 거머쥔 요한 산타나였다.

'눈이 즐거웠다'라는 말로 그날 경기에서 받은 느낌을 표현할 수 있을까. 평범한 정규시즌 경기였지만 두 팀은 바라보는 이의 눈이 정화되는 명승부를 펼쳤다. 원정팀 자이언츠가 4-1로 앞서 나가면서 승기를 잡는가 싶더니 메츠는 8회 말에만 3점을 득점하며 기어코 승부를 원점으로 돌렸다.

정규 이닝에서 결국 승부를 가리지 못한 두 팀은 연장 승부를 펼쳤고, 연장 10회 초에 터진 벤지 몰리나의 솔로 홈런이 결승점으로 굳어지며 원정팀 자이언츠가 승리를 거뒀다. 메츠는 다음 날 경기에서 다니엘 머피의 9회 말 끝내기 안타로 승리하며 전날 경기에서의 아쉬운 패배를 설욕했다.

티켓값이 전혀 아깝지 않은 두 경기였다. 첫 메이저리그 직관 경기가 동시에 내 '인생 경기'로 자리매김하는 순간이었다. 이런 메이저리그 경기를 보지 않고 어찌 살아갈 수 있으랴. 할 수만 있다면 한국으로 다시 돌아가지 않고 평생 미국에 살면서 야구만 보고 싶다는 생각이 문득 들었다.

메이저리그와 함께한 모든 날, 모든 순간이 특별했지만 내 인생 첫 직관 경기에서 받았던 느낌은 오랫동안 뇌리에 남을 만큼 정말 특별했다. 어쩌면 그날 경기에서 받았던 신선한 충격들이 틈만 나면 나를 메이저리그 경기장으로 이끌고 있는지도 모르겠다.

우천 중단의 낭만에 대하여

Tuesday, August 18, 2009

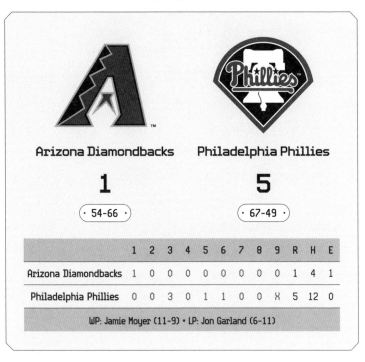

Arizona Diamondbacks

1

· 54-66 ·

Philadelphia Phillies

5

· 67-49 ·

	1	2	3	4	5	6	7	8	9	R	H	E
Arizona Diamondbacks	1	0	0	0	0	0	0	0	0	1	4	1
Philadelphia Phillies	0	0	3	0	1	1	0	0	X	5	12	0

WP: Jamie Moyer (11-9) · LP: Jon Garland (6-11)

모든 것이 예상한 대로, 예정된 대로 흘러가는 삶이란 얼마
나 지루하고 재미가 없을까. 삶이 그러하듯 인생의 축소판이라
불리는 야구에도 의외성이 주는 묘미가 있다. 예상치 못한 상

황이 벌어져 경기의 흐름을 미묘하게 바꾸기도 하고, 그 상황이 승부를 결정짓는 요인으로 이어지기도 한다. 경기 중 갑자기 내리는 비는 그 대표적인 예라고 할 수 있다.

비가 승부의 향방을 바꾼 경기는 수도 없이 많다. 최근에는 2016년 월드시리즈 7차전 경기가 기억에 남는다. 월드시리즈 7차전은 말 그대로 끝장승부다. 경기의 승패로 인해 우승팀이 결정되는, 당사자들(선수단, 해당팀 팬)에게는 잔인한 게임이기도 하다.

8회 말 공격 전까지 클리블랜드는 3-6으로 뒤지며 패색이 짙었다. 설상가상으로 시카고 컵스는 2사 이후 100마일의 강속구를 자랑하는 마무리 아롤디스 채프먼을 조기에 투입하며 초강수를 던진 상황. 하지만 클리블랜드도 끝까지 추격의 끈을 놓지 않았다. 브랜든 가이어의 2루타로 한 점을 따라붙더니 라자이 데이비스의 투런 홈런으로 순식간에 경기를 동점으로 만든 것.

하늘로 치솟던 클리블랜드의 기세를 꺾은 것은 다름 아닌 비였다. 연장전을 앞두고 비로 인해 경기가 잠시 중단되었고, 그 사이 컵스는 전열을 가다듬었다. 연장 10회 초 컵스는 두 점을 득점하며 다시 앞서 나갔고, 되찾아온 흐름을 다시 놓치는 실수는 범하지 않았다. 그렇게 컵스는 비의 도움을 받아 무려 108년 만에 다시 정상에 올랐다.

　경기의 흐름도 흐름이지만 우천 중단은 경기를 지켜보는 팬들에게 색다른 추억과 낭만을 선사한다. 치열한 승부의 세계에서 벗어나 그라운드는 잠시 평화를 되찾는다. 경기장 내에는 잔잔한 음악이 깔리고 팬들은 저마다 비를 피하고자 자리를 옮긴다. 비가 그쳐 경기가 재개되기를 기다리며 저마다의 방법으로 시간을 보낸다. 어떤 이는 평소에 눈여겨보지 않았던 경기장 구석구석을 구경하기도 하고, 어떤 이는 같이 온 지인들과 사진을 찍으며 추억을 남기기도 한다. 또 어떤 이는 비를 맞으면서까지 더그아웃과 불펜 근처에서 선수들과 대화를 시도하기도 한다.

직관했던 2009년 8월 18일 경기 역시 그랬다. 지금까지 직관했던 경기 중 유일하게 우천 중단을 경험했던 경기이기도 하다. 3회 말까지 진행되었던 경기는 갑자기 내린 폭우로 인해 1시간가량 중단되었다. 메이저리그는 우천으로 인한 경기 취소에 매우 인색한 편이다. 같은 지구 팀과의 경기가 아니라면 긴 이동 거리 탓에 추후 일정을 잡는 것이 힘든 탓이다. 성급하게 경기 취소를 결정하기보다는 기상예보를 참고하여 웬만하면 비가 그치기를 기다렸다가 경기 재개를 선택한다.

비로 인해 중단되는 시간이 길어질수록 비가 경기의 흐름에 미치는 영향은 더 커진다. 타자보다는 아무래도 투수 쪽에 끼치는 영향이 크다. 흔히 '어깨가 식는다'는 표현을 쓰는데, 통상적으로 경기가 재개되면 비가 오기 전에 투구했던 투수를 교체해 주는 것이 자연스럽다.

이날 선발 등판했던 필리스의 투수 페드로 마르티네즈는 경기가 재개된 4회, 제이미 모이어로 교체되어 그날 투구를 마쳤다. 계속된 부진으로 인해 불펜으로 밀려났던 노장 투수 모이어가 기회를 잡았고, 모이어는 나머지 6이닝을 모두 소화하며 승리투수가 됐다. 만약 비로 인해 경기가 중단되지 않았다면 결과는 어떻게 되었을까. 아마도 큰 변수가 없는 한 페드로 마르티네즈는 4회에도 투구를 이어 나갔을 것이고 경기의 흐름이 언제 바뀌었을지는 아무도 모를 일이다.

국내의 한 야구인은 야구중계뿐만 아니라 방송 중 기회가 될 때마다 끊임없이 돔 예찬론을 펼친다. 그로 인해 기-승-전-돔이라는 애칭이 붙기도 했다. 돔구장은 지붕을 닫음으로 인해 '날씨'라는 불확실성을 완벽하게 통제할 수 있다. 대신 불확실성이 주는 낭만은 빼앗아간다.

물론 돔구장의 필요성에 대해서는 인정한다. 날씨로 인해 경기를 직접 뛰는 선수나 야구팬들이 불편을 겪는 일이 시즌 중 자주 발생하는 지역이라면 돔구장 유치를 고려해 볼 만하다. 다만 그 불편의 빈도가 잦지 않다면 일 년에 몇 경기 정도는 불편을 감수해 보는 것은 어떨까. 불확실성이 주는 색다른 재미와 추억, 낭만을 위해서 말이다.

버블헤드 데이의 추억

버블헤드(bobblehead)데이. 선수들의 얼굴을 본떠 형상화한 버블헤드 인형을 관중들에게 나눠주는 날이다. 버블헤드 인형은 3등신에 가깝게 머리가 과장되어 있고, 머리와 몸통을 잇는 부분이 스프링으로 되어있어 머리를 까딱거리는 인형이다.

퀄리티가 점점 좋아지고 있다고는 하나 선수들의 얼굴과 버블헤드 인형이 잘 매치가 되지 않는 경우도 많다. 지금까지 여러 선수의 버블헤드 인형을 봐왔지만, 감탄을 자아낼 정도로 싱크로율이 높은 버블헤드 인형은 아직 없었다.

메이저리그 구단은 팀을 대표하는 선수의 버블헤드 인형을 만들어 관중에게 증정하는 이벤트를 연중 수차례 연다.

2019시즌 LA 다저스는 스타워즈 데이를 맞아 스타워즈 '한 솔로' 캐릭터에 류현진의 얼굴을 대입한 '현 솔로' 버블헤드 인형을 증정하는 행사를 진행하기도 했다.

20경기 이상의 메이저리그 경기를 직관하다 보니 그중 두 경기에서 버블헤드 인형을 받을 수 있는 기회가 있었다. 제일 처음 받았던 것은 2009년, 당시 필라델피아 필리스의 마무리 투수였던 브래드 릿지의 버블헤드 인형이었다.

애리조나 디백스와의 3연전 중 두 번째 경기였는데, 그날 경기에 브래드 릿지의 버블헤드 인형을 받기 위한 관중들이 몰려 일찌감치 모든 좌석의 티켓이 동이 났다. 티켓을 구하지 못해 발을 동동 굴렀던 나는 결국 입석 표를 사기 위해 땡볕에서

1시간가량 줄을 서야만 했다.

브래드 릿지에게 2009시즌은 악몽 그 자체였다. 42번의 세이브 기회에서 11번의 세이브를 날리며 31세이브를 거두는 데 그쳤다. 7.21의 평균 자책점, 11번의 블론 세이브 모두 마무리 투수에게 낙제점에 가까운 기록이었다.

더군다나 바로 직전 시즌이었던 2008시즌에 단 한 번의 블론세이브 없이 41세이브를 거두며 세이브 성공률 100%라는 믿기 어려운 기록을 달성했던 릿지였기에 팬들의 충격은 더했다. 2008시즌을 앞두고 휴스턴 애스트로스에서 트레이드로 영입해 온 릿지의 활약에 힘입어 필리스는 2008시즌에 28년 만의 월드시리즈 우승을 기록하기도 했다.

버블헤드 데이의 주인공이었던 브래드 릿지는 그날 경기에서 등판 기회를 잡지는 못했다. 선발투수로 나선 클리프 리가 빼어난 호투로 9이닝을 끝까지 책임지며 완투승을 거뒀기 때문이었다.

두 번째 버블헤드 인형은 'SAVE THE FLAG'로 유명한 릭 먼데이의 버블헤드 인형이었다. 2013년 8월 27일 다저 스타디움에서 열린 시카고 컵스와의 3연전 중 두 번째 경기였는데, 당시에는 릭 먼데이에 대해 잘 알지 못해서 꽤 의아했던 기억이 있다.

먼데이는 당시 뛰고 있던 현역 선수도 아니었고 누구나 이름만 들으면 알 수 있는 스타플레이어도 아니었다. 더군다나 먼데이의 버블헤드 인형은 원정팀인 시카고 컵스 유니폼을 입고 있었다. 다저 스타디움에서 왜 시카고 컵스 유니폼을 입은 먼데이의 버블헤드 인형을 나눠주는지 충분히 의문을 가질만했다.

배경을 알고 나서야 이해가 됐다. 1976년 4월 25일 경기였는데, 경기 중 다저 스타디움 외야에 난입한 관중 두 명이 성조기를 불태우려고 시도했다. 원정팀 컵스의 외야수였던 먼데이는 재빠르게 그들에게 달려가 성조기를 낚아채 불탈 위기에 놓였던 성조기를 구했다. 다저 스타디움에 모인 관중들은 홈 팬 원정 팬 가릴 것 없이 먼데이에게 열렬한 환호와 지지를 보내며 화답했다.

수십 년이 흐른 뒤에 먼데이의 버블헤드 인형을 제작하여 나누어줄 정도로 성조기를 구한 먼데이의 행동을 아직도 기억하는 사람이 많다. 그 날 경기가 인연이 되었는지 먼데이는 1977시즌을 앞두고 다저스로 트레이드되어 선수생활 말년을 다저스에서 보내기도 했다.

브래드 릿지, 릭 먼데이 두 명의 버블헤드 인형은 한동안 내 책상 위를 차지했지만 아쉽게도 현재는 모두 망가져 보유하고 있지 않다. 인형의 머리 부분이 견고하지 않기 때문에 자칫 잘못하면 부러지기 쉽다. 다음에 또 버블헤드 인형을 받을 기회가 주어진다면 좀 더 오래 보유하기 위해 개봉하지 않은 채로 보관해 볼까 싶다.

'야생마' 푸이그의 질주가 그립다

Wednesday, August 28, 2013

Chicago Cubs · Los Angeles Dodgers
0 · 4
· 56-77 · · 78-55 ·

	1	2	3	4	5	6	7	8	9	R	H	E
Chicago Cubs	0	0	0	0	0	0	0	0	0	0	3	1
Los Angeles Dodgers	1	0	0	1	2	0	0	0	X	4	6	1

WP: Ricky Nolasco (11-9) · LP: Edwin Jackson (7-14)

다저스 팬 입장에서 푸이그는 그야말로 미운 정 고운 정 다
든 선수다. 데뷔 시즌이었던 2013년의 임팩트는 정말 대단했
다. 데뷔전부터 남달랐다. 푸이그는 2013년 6월 3일 샌디에이

고 파드레스와의 홈경기에 1번 타자 우익수로 선발 출전하며 데뷔전을 치렀다. 1회 말 첫 타석 중전안타로 본인의 메이저리그 첫 안타를 손쉽게 기록하더니 6회 말에도 안타를 추가하며 멀티히트 경기를 완성했다.

백미는 9회 초 수비였다. 2-1로 한 점 앞선 9회 초 1사 1루에서 카일 블랭스의 뜬 공을 잡아 두 번째 아웃카운트를 올렸고, 곧바로 1루로 송구하여 미처 귀루하지 못한 주자 크리스 데놀피아까지 잡아내며 팀에 승리를 안겼다. 다저스 팬들이 기대했던 그대로의 활약을 데뷔 경기부터 유감없이 발휘했다.

바로 다음 날 경기에서는 홈런을 두 개나 터뜨리며 다저스 팬을 열광시켰다. 6월 한 달 동안 26경기에서 4할 3푼 6리의 타율, 7홈런 16타점을 기록하며 데뷔하자마자 푸이그는 내셔널리그 이달의 선수상, 이달의 신인상을 휩쓸었다. 야생마라는 별명답게 엄청난 에너지로 그라운드를 마음껏 누볐다.

푸이그의 엄청난 활약에 다저스의 팀 분위기도 바뀌기 시작했다. 푸이그의 데뷔 경기 때만 하더라도 지구 선두에 7경기 반이 뒤진 내셔널리그 서부지구 최하위였던 다저스는 푸이그의 활약을 발판 삼아 반전을 이뤄낼 수 있었다. 50경기에서 42승 8패라는 말도 안 되는 승률을 기록하며 지구 선두로 등극했고, 2013년 내셔널리그 서부지구 우승팀이 됐다.

그런 야시엘 푸이그에게도 아킬레스건이 있었다. 바로 야구에 대한 진지함이 결여된 태도였다. 특히 메이저리그에 갓 데뷔한 신인 선수였기에 이런 태도 측면에서 더욱 엄격한 잣대가 적용됐다. 상습적인 지각, 무성의한 수비와 주루 등 어디로 튈지 모르는 럭비공 같은 모습으로 팀 케미스트리를 해친다는 꼬리표는 이후 푸이그의 선수 생활 내내 따라다녔다.

직관했던 2013년 8월 28일 경기도 마찬가지였다. 그날 경기에서 다저스는 시카고 컵스에 4-0으로 완승을 거뒀다. 트레이드를 통해 다저스로 팀을 옮긴 선발 투수 리키 놀라스코는 8이닝 무실점의 역투로 이날 승리의 주역이 됐다. 하지만 정작 그날 경기에서 모든 언론의 주목을 받은 건 푸이그와 감독 매팅리였다. 5회 초에 갑자기 푸이그가 경기에서 빠졌기 때문이었는데, 푸이그를 제외한 이유에 대한 질문이 매팅리 감독에게 쏟아졌다.

5회까지 2-0으로 다저스가 앞서 있긴 했지만, 다저스가 안심할 수 있는 점수는 아니었다. 경기 상황에 따라 충분히 승패의 향방이 바뀔 수 있는 점수 차였다. 그렇기에 주전 우익수인 푸이그를 교체하기 위해서는 반드시 어떤 명분이나 사유가 있어야만 했다. 언론의 쏟아지는 질문에도 매팅리 감독이 푸이그를 교체한 명확한 이유는 밝혀지지 않았다. 다만 4회 초 푸이그의 무성의한 산책 수비로 인한 문책성 교체라는 것을 누구나 짐작할 수 있었다.

푸이그는 2018시즌까지 다저스에서만 여섯 시즌을 보낸 뒤 신시내티 레즈로 트레이드됐다. 그리고 2019시즌 중 클리블랜드로 다시 트레이드되어 시즌을 마친 후 더 이상 메이저리그에서 뛰지 못하고 있다. 데뷔 시즌 보여줬던 천재성은 이제 찾아볼 수 없다. 놀라운 성적으로 불성실함이라는 약점을 상쇄시켰지만, 성적이 뒷받침되지 않는다면 약점은 더욱 두드러질 수밖에 없다.

하지만 푸이그에게 좋은 추억을 가지고 있는 다저스 팬의 한 명으로서 가끔 푸이그가 그리울 때가 있다. 그만큼 데뷔 시즌에 보여줬던 야생마 같은 활약은 너무나 매력적이었다. 수많은 구설수 때문인지 푸이그는 여러 차례 메이저리그 복귀를 시도했지만 메이저리그로 돌아오지 못하고 있다. 이제는 신인 선수가 아닌 베테랑인 만큼 야구에 대한 진지함도 함께 겸비하는 성숙한 선수가 되어 언젠가 한 번은 메이저리그 무대에서 다시 볼 수 있기를 바래본다.

절친 노트 in 샌디에이고

Friday, May 2, 2014

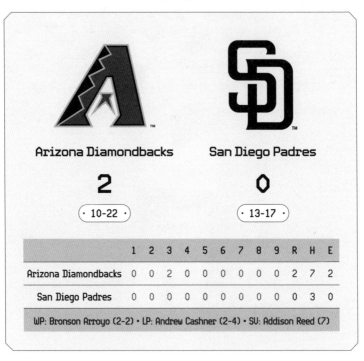

Arizona Diamondbacks
2
· 10-22 ·

San Diego Padres
0
· 13-17 ·

	1	2	3	4	5	6	7	8	9	R	H	E
Arizona Diamondbacks	0	0	2	0	0	0	0	0	0	2	7	2
San Diego Padres	0	0	0	0	0	0	0	0	0	0	3	0

WP: Bronson Arroyo (2-2) · LP: Andrew Cashner (2-4) · SV: Addison Reed (7)

    어릴 적 세상에 둘도 없는 친한 관계라고 생각했던 친구와 다툰 이후 관계가 소원해져 버린 경험은 누구나 한 번쯤 있을 것이다. 시간이 지나 다시 그때를 떠올려보면 사소한 이유로 참 많이도 다퉜던 것 같다. 그때는 그게 뭐가 그렇게 중요해서 다퉜는지 오랜 시간이 흐른 뒤 그 순간을 추억하면 낯이 뜨거 워질 때도 있다.

중학교 시절, 점심시간에 같은 반 친구와 축구하다가 절교 할 뻔한 일이 있었다. 동네나 학교 축구 룰은 프로 경기와 다르 다. 경기 중에 수시로 필드 플레이어가 골키퍼가 되기도 하고, 골키퍼가 필드 플레이어가 되기도 한다. 방법도 간단하다. 가 볍게 서로의 손을 터치하는 것으로 필드 플레이어와 골키퍼가 서로 역할을 바꿀 수 있다.

그날 경기에서 나는 골키퍼로 시작하여 경기 후반에는 골 키퍼를 다른 친구에게 넘겨주고 필드 플레이어로 나섰다. 경기 는 꽤 접전이었는데, 사건은 경기 후반에 벌어졌다. 상대 팀 친 구의 결정적인 슈팅을 골문 근처에 있던 내가 두 손으로 잡아 버린 것. 필드 플레이어가 된 순간 손으로 공을 잡으면 핸드볼 반칙이 되는데, 위급한 상황이 되자 발보다 손이 먼저 나가버린 것이다.

승부욕 때문이었을까. 그 상황에서 나는 잘못을 인정하지 않고 내가 골키퍼라고 우겼다. 거기에 핀트가 상한 상대 팀에 있던 친한 친구는 나와는 다시 축구를 하거나 놀지 않겠다고 절교 선언을 해버렸다. 뒤늦게 그 친구를 찾아가 사과했지만 받아들여지지 않았다.

화해의 장은 당시 축구장에서 열렸다. 기억이 희미하지만 친구에게 진심을 담아 사과의 편지를 썼고, 그 편지가 친구의 마음을 움직여 축구로 생긴 일은 축구로 풀자며 K리그 프로축구 경기를 같이 보러 가자고 제안했던 것.

기억력의 한계로(벌써 20년이 넘게 흘렀다…) 정확히 어떤 경기였는지 기억이 나지는 않지만, 울산공설운동장에서 열린 울산현대와 포항 스틸러스의 경기로 기억한다. 전후반 90분 동안 승부를 가리지 못한 양 팀은 연장전을 거쳐 승부차기에 돌입했고, 승부차기 끝에 승패가 결정되었다. 손에 땀을 쥐는 명승부를 같이 관람한 친구와의 우정은 다툼 이전보다 더욱 돈독해졌고, 서로 좋지 않았던 감정은 눈 녹듯 녹아내렸다.

• • •

2014년 5월, 샌디에이고를 여행지로 선택하게 된 건 대학교 신입생 시절 친하게 지냈던 친구의 초대 덕분이었다. 몇 년간의 수험생활 끝에 공인회계사가 된 친구는 샌디에이고에서 어학연수를 하고 있었고, 당시 직장생활을 하고 있었던 나는 근로자의 날부터 어린이날까지 이어진 연휴 기간에 친구의 초대를 받아 미국을 방문하게 되었다.

친구와의 공통 분모는 운동이었다. 고향을 떠나 타지 생활을 하고 있던 우리는 서로의 자취방에서 무수히 많은 스포츠

경기를 함께 보았으며, 학교 운동장에서 새벽까지 농구를 하기도 했다. 그렇게 둘도 없는 친구 사이였던 우리는 입대와 취업 준비 시절을 겪으며 자연스럽게 멀어졌다. 서로의 길이 너무 달랐다. 수험생활이 적성에 맞지 않던 나는 빠르게 취업을 선택했고, 친구는 전문성을 발휘할 수 있는 길을 준비했다.

시간이 흘러 샌디에이고에서 재회한 우리는 샌디에이고의 주요 명소들을 함께 관광했다. 물론 메이저리그 경기도 빼놓을 수 없는 코스였다. 펫코 파크에서 열린 샌디에이고 파드레스와 애리조나 다이아몬드백스의 2014년 5월 2일 경기였는데, 원정팀 애리조나의 2-0 승리로 끝났다. 팽팽한 투수전으로 경기가 진행된 탓에 경기 종료까지 2시간 반도 채 걸리지 않은 깔끔한 경기였다.

미국인들에게 야구는 삶의 일부분이다. 옆자리에 앉은 지긋하게 나이 든 할머니는 경기 내내 야구는 보는 둥 마는 둥 열심히 책을 읽었다. 승패는 별로 중요하지 않았다. 우리에게도 마찬가지였다. 승패보다는 그저 앞에 놓인 맛있는 음식과 이따금 부딪히는 맥주잔, 야구장을 감싸는 포근하고 따뜻한 분위기 그것으로 충분했다. 약간은 어색하고 서먹서먹했던 우리의 관계는 그날 경기를 기점으로 조금은 회복됐다.

샌디에이고에서 소중한 추억을 만들어 준 친구에게 이 글을 빌어 다시 한번 고마운 마음을 전하고 싶다.

It ain't over till it's over.

끝날 때까지 끝난 게 아니다.

요기 베라
뉴욕 양키스 영구 결번 포수

호텔 조식 먹다가 만난 메이저리거

옷깃만 스쳐도 인연이라던데. 2014년 내셔널리그 디비전시리즈 경기를 위해 세인트루이스 원정 중이었던 다저스 선수단과 같은 호텔에 묵은 까닭으로 평생 해보지 못할 신기한 경험을 많이 했다. 웃통을 벗고 나온 야시엘 푸이그와 복도에서 우연히 마주치는가 하면, 2003년 월드시리즈 MVP에 빛나는 조시 베켓이 내 앞을 스쳐 지나가기도 했다. 한술 더 떠 다저스의 상징 클레이튼 커쇼와 그의 아내 앨런 커쇼와는 같은 엘리베이터를 타기도 했다.

신혼여행지였던 세인트루이스에서 생애 첫 MLB 포스트시즌 경기를 직관한 다음 날 아침에도 신기하고 특별한 경험은 계속 이어졌다. 응원팀인 다저스 패배의 아픔으로 쓰린 속을 달래고자 아침 일찍 호텔 조식을 먹기 위해 와이프와 함께 방을 나섰다. 먹을거리를 접시에 잔뜩 담은 후 자리에 돌아와 와이프와 도란도란 조식을 즐기고 있던 찰나. 매우 익숙한 얼굴이 바로 옆 테이블에 자리를 잡고 있었다. 풍채만 보아도 운동선수임을 짐작케 할 만큼 우람한 체격에 푸근하고 서글서글한 인상을 겸비한 그. 분명 다저스 선수 중의 한 명이 틀림없었다. 바로 당시 다저스의 주전 포수였던 AJ 앨리스였다.

앨리스 하면 떠오르는 키워드가 두 가지 있다. 첫 번째 키워드는 바로 클레이튼 커쇼의 '단짝'이다. 커쇼가 생애 첫 사이영상을 수상한 바로 다음 해인 2012년부터 앨리스가 다저스의 주전 포수로 자리매김한 까닭에 커쇼의 전성기를 오롯이 같이 보내며 궤를 같이할 수 있었다. 앨리스의 안정감 있는 투수 리드와 수비로 인해 커쇼의 투구는 더욱 빛날 수 있었다. 커쇼의 통산 성적이 이를 증명한다. 그 어떤 포수 보다도 많은 경기 (118경기)를 앨리스와 함께 했으며, 함께 배터리 호흡을 맞춘 경기에서 거둔 1.97의 평균자책점 또한 압도적이다. 2014년 커쇼의 노히트 경기 또한 커쇼와 앨리스가 함께 만든 작품이었다.

나머지 하나의 키워드는 '대기만성'이다. 2003년 드래프트 18라운드에 다저스에 지명될 정도로 크게 주목받지 못한 선수였던 앨리스는 2008년에서야 스물일곱의 나이로 메이저리그에 처음 모습을 드러냈고, 그로부터 4년이 더 지난 2012년에 늦깎이 주전 포수로 도약했다. 비슷한 시기에 다저스에는 러셀

마틴이라는 훌륭한 포수가 있었기에 쉽사리 기회가 주어지지 않았다. 어렵사리 주전 포수 자리를 차지한 앨리스는 2012년, 안정감 있는 수비와 함께 타율 2할 7푼, 13홈런 52타점이라는 기대 이상의 타격까지 선보이며 기나긴 마이너리그 생활의 한 풀이를 제대로 했다.

비록 2014 정규시즌에서의 타격 성적은 볼품없었지만, 세인트루이스와의 내셔널리그 디비전시리즈 경기에서만큼은 정규시즌과 다른 모습이었다. 1차전에서만 홈런 1개 포함 안타 4개를 몰아쳤고, 나머지 3경기에서도 모두 두 번 이상 출루하며 상위타선에 기회를 제공했다. 다저스의 시리즈 패배로 빛이 바래긴 했으나, 승패가 뒤바뀌었다면 디비전시리즈 MVP도 충분히 노려볼만한 빼어난 성적이었다.

워낙 MLB 데뷔가 늦었던 탓에 앨리스의 전성기도 그리 길지는 않았다. 다저스가 2015시즌을 앞두고 새로운 주전 포수로 야스마니 그랜달을 영입한 이후 앨리스의 팀 내 입지는 날이 갈수록 줄어들었다. 이윽고 2016시즌 중 필라델피아 필리스로 트레이드되며 단짝 커쇼와도 눈물겨운 작별을 할 수밖에 없었다. 앨리스는 이듬해 마이애미 말린스, 다음 해에는 샌디에이고 파드레스로 적을 옮겨 한 시즌을 소화한 뒤 선수 생활을 마무리했다.

길지 않은 메이저리그 경력에도 아직 앨리스를 기억하는 건 우연히 식사 자리에서 마주친 그날의 경험 때문만은 아닐 것이다. 오랜 담금질 끝에 마침내 짧지만 빛나는 시절을 맞이했던 앨리스의 대기만성 스토리 때문에 오랫동안 그를 기억하는 것일지도 모르겠다. '준비된 자에게 기회가 온다'는 말이 있듯 주어진 자리에서 본인의 역할을 충실히 하다 보면 우리에게도 언젠가는 그 노력이 빛을 발할 날이 오지 않을까.

'짝수 자이언츠'의 성지 오라클 파크

우승은 하늘이 결정한다는 말이 있다. 야구뿐 아니라 모든 스포츠를 막론하고 우승은 그만큼 쉬운 일이 아니라는 뜻으로 풀이된다. 상대 팀보다 전력이 앞선다고 해서 무조건 우승하는 것도 아니다. 만약 우승을 하기 위한 공식이 존재한다면 그 공식만 풀어내도 우승을 할 수 있겠지만 현실은 그렇지 않다.

메이저리그로 범위를 한정 지어보면, 뉴욕 양키스를 대단한 팀으로 여기는 것이 그런 이유에서다. 그 힘들다는 월드시리즈 우승을 역대 최다인 27번이나 했고, 1998년부터 2000년까지는 3년 연속하기도 했다.

샌프란시스코 자이언츠는 양키스와는 다른 의미로 대단

한 족적을 남겼다. 자이언츠는 2010년부터 5년 동안 세 차례 월드시리즈 타이틀을 거머쥐었다. 그것도 짝수 해인 2010년, 2012년, 2014년에만 말이다. 짝수 해만 되면 영험한 기운이라도 받은 듯 승승장구하는 자이언츠를 팬들은 '짝수 자이언츠'라고 부르며 경외시했다.

오라클 파크(당시 AT&T파크)를 방문했던 때는 포스트시즌이 한창이던 2014년 10월이었다. 자이언츠는 디비전시리즈에서 만난 워싱턴 내셔널스를 3승 1패로 따돌리고 NLCS 진출을 확정 지은 상태였다. 직전 여행지였던 세인트루이스에서 다저스의 참담한 패배를 지켜봐야만 했던 다저스 팬의 1인으로서는 그저 부러울 수밖에 없는 순간이었다.

우울한 기분도 잠시. 메이저리그 30개 구장 중에서도 가장 아름다운 구장으로 손꼽히는 자이언츠의 홈구장을 마주하니 기분이 조금은 나아졌다. 특히나 외야 너머 야구장과 맞닿아있는 해안가(윌리 맥코비의 이름을 딴 맥코비만)를 바라보고 있자니 가슴이 뻥 뚫리는 기분이었다. 메이저리그 구장에서도 흔히 볼 수 없는 절경이었다.

다저스 팬의 부러움을 산 건 따로 있었다. 바로 구장 한쪽에 나란히 놓여있는 2010년, 2012년 월드시리즈 우승 트로피였다. 야구장이야 다저 스타디움도 전통 있고 아름다운 구장이라며 스스로를 위로했다. 하지만 월드시리즈 우승 트로피 앞

에서는 멘탈이 무너졌다. 정신 승리도 불가한 순간이었다. 그
저 부럽고 또 부러웠다.

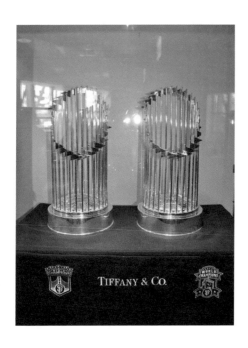

TIFFANY & CO.

　그해 NLCS에서 사실 세인트루이스 카디널스를 응원했다.
많은 팬이 그런 마음을 가진다. 자신이 응원하는 팀을 꺾고 더
높은 스테이지로 향한 팀이 우승하기를 바란다. 그렇게 되면
그 팀에게 당한 패배가 조금은 덜 억울해진다. '어차피 우승할
팀에게 진 건데'라는 마음에 조금은 위안을 얻는다. 게다가 자
이언츠는 다저스와 숙명의 라이벌 아닌가. 자이언츠의 패배를
바라는 마음은 당연했다.

그런 기대는 무참히 깨졌다. 카디널스를 4승 1패로 가볍게 제압한 자이언츠는 월드시리즈에서 캔자스시티 로열스를 만나 7차전까지 가는 접전 끝에 또 한 번 월드시리즈 우승이라는 감격을 맛봤다. 2010년, 2012년에 이어 짝수 자이언츠를 완성하는 순간이었다.

7차전 5회 말에 구원 등판해 끝까지 경기를 책임진 메디슨 범가너는 월드시리즈 역사에 남을만한 엄청난 투구를 시리즈 내내 펼치며 팀에 우승을 안겼고, 본인은 월드시리즈 MVP를

차지했다. 당시 캔자스시티가 자랑했던 불펜 3대장도 가을 범가너의 미친 활약 앞에서는 소용이 없었다.

'바람의 손자' 이정후가 자이언츠 유니폼을 입으면서 샌프란시스코 자이언츠는 국내 팬 사이에서 다시 한 번 화제의 팀으로 떠올랐다. 다저스 팬도 자이언츠 팬처럼 감격적인 가을을 맞이할 수 있을까. 짝수 자이언츠를 감싸던 영험한 기운이 이제는 다저스로 향했으면 좋겠다.

여긴 시애틀인데 왜 LA 옷을 입고 있나요?

"혹시 LA에서 오셨나요? 시애틀은 비즈니스 때문에 오신 건가요?"

"아뇨. 전 한국에서 왔고요. 가족과 함께 여행 온 거예요."

시애틀 여행 마지막 날, 새벽부터 서둘러 숙소를 빠져나온 건 미국 본토 크로스핏 박스 체험을 위해서였다. 당시 메이저 리그와 크로스핏에 한창 심취해 있던 때였다. 시애틀 여행을 계획할 때부터 현지 크로스핏 박스 체험은 꼭 해보고 싶었다. 가족들과 같이 간 여행이었기에 마음대로 일정을 조정하기는 어려웠다. 다행히도 다시 한국으로 돌아가는 출국 날 아침에 드디어 시간이 났고, 숙소 근처 크로스핏 박스의 아침 6시 첫 수업에 참여할 수 있었다.

당시 수업에 참여한 사람들 대부분은 그 시간대에 고정적으로 수업에 참여하는 현지인들이었다. 체험수업에 홀로 참여한 동양인의 존재만으로도 관심을 불러일으키기에 충분했는데, 온통 이목은 내가 입고 있던 운동복에 쏠렸다. LA가 큼지막하게 새겨진 티셔츠였는데, 시애틀 현지에 사는 사람들이 보기에는 의아했던 모양이다. 저마다 한 마디씩 말을 걸며 LA 티셔츠를 입고 있는 이유를 물었고, 나는 다저스의 팬이라서 그렇다고 설명해 주었다.

몸은 시애틀에 있었지만, 눈과 귀는 LA로 향해있었다. 시애틀에 도착했을 당시 다저스는 신시내티 레즈와의 홈 3연전을 치르고 있었는데, 그 경기를 보기 위해 시애틀-LA 국내선 비행편을 급하게 알아볼 정도였다. 오죽하면 그랬을까 싶기도 하지만 돌이켜보면 보통 사람의 상식으로는 쉽게 이해할 수 없는 사고방식이었다. 혼자 간 것도 아니고 가족과 같이 간 여행지에서 고작 야구 경기를 위해 혼자 LA를 가겠다고? 평소에도 지겹도록 보는 게 야구인데 여행까지 가서 야구를 못 놓는 이유는 도대체 뭐야?

그만큼 2017년 당시의 다저스 야구가 재미있었다는 것 밖에는 설명할 수 있는 방법이 없다. 가장 공이 컸던 건 누가 뭐래도 '슈퍼루키' 코디 벨린져의 활약이었다. 4월 말 혜성같이 등장한 신인선수는 연일 홈런포를 가동하며 다저스의 분위기를 이끌었다.

다저스는 신시내티 홈 3연전을 싹쓸이한 후 클리블랜드 원정길에 올랐는데, 클리블랜드에서도 벨린져의 활약은 빛났다. 벨린져는 시리즈 첫 경기에서만 두 개의 홈런포를 가동했다. 그중 하나는 당시 최고 좌완 불펜이었던 앤드류 밀러를 상대로 8회 초에 터뜨린 결승홈런이었다. 앤드류 밀러는 다음 날 경기에서도 8회 초, 대타 키케 에르난데스에게 결승 홈런을 헌납하며 자존심을 구겼다. 최고의 좌완 불펜요원인 앤드류 밀러가 두 경기 연속 홈런으로 무너져 당시 화제가 된 시리즈였다.

· · ·

어쨌거나 몸은 시애틀에 있는 관계로 시애틀 매리너스의 홈구장 티모바일파크(당시 명칭은 세이프코필드) 이곳저곳을 구장 투어 프로그램을 통해 둘러보았다. 메이저리그 각 구장은 저마다의 방법으로 구장 투어 프로그램을 진행한다. 주로 경기가 없는 날에 진행된다. 야구경기에 흥미가 없지만 야구장은 구경하고 싶은 경우 투어 프로그램을 활용하는 것도 좋은 방법이다.

투어 프로그램의 장점은 클럽하우스, 더그아웃, 기자회견장 등 경기가 있는 날에는 일반 팬에게 공개되지 않는 장소들을 가이드와 함께 둘러볼 수 있다는 것이다. 항상 가능한 건 아니지만 운이 좋으면 그라운드 잔디를 직접 밟아볼 수 있는 기회도 있다.

티모바일파크 곳곳을 돌아다니면서 영상으로 접했던 여러 순간들이 떠올랐다. 박찬호가 선수 생활 마지막 올스타전에 출전한 칼 립켄 주니어에게 홈런을 선물(?)했던 2001년 메이저리그 올스타 경기, 2004년 이치로가 단일 시즌 최다 안타 기록을 깼던 순간, 2012년 킹 펠릭스의 메이저리그 23번째 퍼펙트 게임 달성 순간, 2016년 텍사스 레인저스를 상대로 이대호가 끝내기 홈런을 터뜨렸던 순간 등등이 말이다.

비록 매리너스의 팬은 아니지만 영상으로만 접했던 곳에서 직접 서서 과거 영광의 순간들을 떠올리니 어쩐지 약간 벅차올랐다. '그 경기를 직접 본 팬들은 아마도 그 순간을 평생 잊지 못하겠지?'라는 생각에까지 다다르자, 그 순간을 직접 본 눈이 부러워졌다.

우승은 타이밍, 모든 것은 타이밍

인생을 살아가면서 타이밍만큼 중요한 것이 없다는 사실을 깨닫게 된다. 야구 역시 1회부터 9회까지 서로의 타이밍을 뺏기 위해 끊임없이 노력하는 스포츠다. 타자의 입장에서 같은 공이라 하더라도 기다리던 타이밍이냐, 예상치 못한 타이밍이냐에 따라 결과는 180도 달라진다. 기다리던 공이었다면 담장 밖을 넘겼을 것이고, 예상치 못한 타이밍에 허를 찔렸다면 삼진으로 물러났을 것이다.

우승 역시 타이밍이 중요하다. 모든 것이 예상한 대로 딱딱 맞아떨어지는 시즌이 있는 반면, 안 풀려도 이렇게 안 풀리나 싶을 정도로 모든 것이 꼬이는 시즌도 있다. 전자의 팀을 흔히 우승의 적기를 맞이했다고 표현하는데, 그 타이밍에 우승을 놓치면 한동안 암흑기를 겪기도 한다.

LA 다저스도 2017년, 2018년 2년 연속 월드시리즈 패배 이후 2019시즌에는 내셔널리그 디비전시리즈에서 탈락의 쓴맛을 봤다. 물론 2014년 월드시리즈 패배를 딛고 바로 다음 해인 2015년에 정상에 오른 캔자스시티 로열스 같은 팀도 있다.

다저스 팬 입장에서 휴스턴 애스트로스의 치팅 논란으로 얼룩진 2017시즌만큼이나 아쉬운 시즌이 2013시즌이다. 시즌 초반 지구 최하위에 위치하는 위기를 극복하고 엄청난 반전 스토리를 쓰며 지구 우승까지 차지했던 바로 그 시즌이다. 그 과정에서 50경기 42승 8패라는 프로스포츠에서 말도 안 되는 승리 기록을 쌓기도 했다. 커쇼-그레인키-류현진으로 이어지는 강력한 선발진이 가동된 첫해였으며 타선에서는 푸이그가 혜성처럼 등장해 힘을 보탰다.

2013시즌이 더욱 아쉬웠던 건 세인트루이스 카디널스와의 NLCS 1차전 어느 한 장면 때문이다. 바로 1회 초 첫 타석에 나선 헨리 라미레즈가 카디널스 선발 조 켈리의 공에 맞아 갈비뼈에 금이 가는 부상을 당하는 장면이다.

이 몸에 맞는 공 하나가 시리즈의 향방을 완전히 바꿔놓았다. NLDS에서 16타수 8안타로 맹활약하며 팀을 NLCS로 견인했던 라미레즈는 부상에도 출전을 강행했지만 정상적인 컨디션이 아니었다. 라미레즈가 제 컨디션을 찾지 못하자 다저스 타선 전체가 조용히 가라앉았다. 결국 다저스는 2승 4패로 월드시리즈 무대를 밟지 못하고 시즌을 마감했다.

푸이그의 화려한 데뷔에 가려지긴 했지만 헨리 라미레즈 역시 엄청난 타격감으로 2013년 다저스의 반전 스토리를 이끌었다. 그가 출전한 경기의 팀 승패만 보더라도 확연하게 그의 존재감을 확인할 수 있다. 2013년 라미레즈가 출전한 86경기에서 다저스는 55승 31패를 거뒀는데, 부상 등으로 라미레즈가 출전하지 못한 경기에서는 37승 39패로 5할 승률도 올리지 못했다.

라미레즈는 부상으로 5월까지 제대로 뛰지 못했지만 6월에 타율 3할 7푼 5리, 7월에는 3할 6푼 5리의 월간 타율을 기록하며 뜨거운 여름을 보냈다. 8월에 다소 주춤하긴 했지만, 8월 마지막 주에만 2개의 홈런을 터뜨리며 다시 한번 타격감을 끌어올렸다. 8월 말에 터뜨린 2개의 홈런을 모두 직관했는데 특히나 8월 26일 시카고 컵스와의 경기에서 터뜨린 홈런이 인상 깊었다.

팀이 4-0으로 앞선 7회 말 1사 주자 없는 상황에서 컵스 두 번째 투수 카를로스 비야누에바를 상대한 라미레즈는 특유의 빠른 배트 스피드로 좌측 담장을 넘기는 까마득한 타구를 만들어냈다. 아마도 라미레즈가 잔뜩 노리고 있던 타이밍에 기다

리던 공이 들어왔던 상황이라 짐작한다. 그렇지 않고서는 그렇게 완벽한 스윙과 총알 같은 타구가 나올 수가 없다.

타구 속도가 워낙 빠른 탓에 타구가 담장을 넘어가는데 시간이 얼마 걸리지도 않았다. 순식간에 벌어진 상황에 옆에 앉아서 경기를 보고 있던 현지 다저스 팬이 '방금 홈런 친 게 누구야?'라고 물어볼 정도였다. 승부에 결정적인 극적인 홈런은 아니었지만, 호쾌한 홈런 스윙과 빠른 타구 속도 자체에 감탄했던 라미레즈의 타석이었다.

2013년, 라미레즈는 시즌 절반 가까이 결장했음에도 타율 3할 4푼 5리, 20홈런 57타점의 훌륭한 성적으로 시즌을 마무리했다. 2006년 NL 신인상을 거머쥐며 화려하게 데뷔한 라미레즈의 천부적인 재능을 유감없이 뽐낸 시즌이었다. 만약 2013 NLCS 1차전에서 라미레즈가 몸에 공을 맞지 않았다면 다저스를 월드시리즈 무대로 이끌 수 있었을까?

눈앞에서 놓친 그레인키의 완봉승

Monday, August 26, 2013

	1	2	3	4	5	6	7	8	9	R	H	E
Chicago Cubs	0	0	0	0	0	0	0	0	2	2	5	0
Los Angeles Dodgers	0	0	0	2	0	2	1	1	X	6	9	0

WP: Zack Greinke (13-3) · LP: Jake Arrieta (2-3)

6-0, 여섯 점 차의 편안한 리드 상황. 잭 그레인키는 완봉승에 도전하기 위해 9회 초에도 마운드에 올랐다. 8회까지 투구수는 102개로 적지 않은 상황이었지만, 완봉승에 충분히 도전

해 볼 만한 투구 수였다. 시카고 컵스의 테이블 세터로 나선 스탈린 카스트로와 주니어 레이크를 가볍게 돌려세울 때만 해도 그 누구도 그레인키의 완봉승을 의심하지 않았다.

2사 이후 컵스 3번 타자 앤서니 리조가 2루타를 뺏어내며 반전을 만들기 시작했다. 여섯 점 차는 뒤집기 쉬운 점수 차는 아니었지만 컵스 타자 입장에서 3연전의 첫 경기인만큼 다음 경기를 위해서라도 그냥 물러날 수는 없었다. 4번 타자 네이트 슈어홀츠는 몸에 맞는 공으로 출루하며 그레인키를 더욱 압박하기 시작했다.

5번 타자 브라이언 보그세빅과의 승부가 이날 경기의 백미였다. 완봉패를 모면하기 위한 보그세빅과 눈앞에 다가온 완봉승을 지키기 위한 그레인키의 정면승부였다. 경기장에 있는 모든 관중이 일어나서 경기를 보기 시작했다. 승부는 쉽사리 결정 나지 않았다. 풀카운트까지 가는 7구 접전이었다.

야구는 9회부터 시작이라고 했던가. 9회 초 투아웃 풀카운트에서 보그세빅은 끝내 주자들을 모두 불러들이는 2루타를 터뜨리며 그레인키를 무너뜨렸다. 스코어는 6-2. 투구 수는 122개에 완봉승은 좌절된 상황. 그레인키가 더 이상 마운드에서 투구를 할 의미가 없어졌다. 그레인키는 완봉승을 놓친 아쉬움을 뒤로하고 마운드를 브라이언 윌슨에게 넘겨줄 수밖에 없었다.

선발투수가 한 점의 실점도 없이 경기를 끝까지 책임져야만 완봉승을 거둘 수 있다. 적은 투구 수로 효율적인 피칭을 펼침과 동시에 실점 없이 경기를 운영해야 한다. 그만큼 쉽지 않은 일이다. 더군다나 요즘은 완급조절을 하며 경기를 끝까지 책임지기보다는 초반부터 전력피칭을 하며 6이닝을 완벽하게 막은 뒤 불펜에 경기를 이어주는 역할을 하는 것이 선발 투수의 미덕이 됐다. 투수의 완봉승을 보는 것이 정말 귀한 시대가 됐다.

지금까지 여러 메이저리그 경기를 직관했지만, 아쉽게도 완봉승 경기는 경험하지 못했다. 가장 아쉬웠던 경기는 3루수 실책으로 인한 비자책점으로 완투승에 그친 클리프 리의 경기였고, 그다음이 바로 그레인키의 8.2이닝 2실점 승리로 끝난 경기였다. 투구를 마치고 마운드를 내려가는 그레인키에게 기립박수가 쏟아졌지만, 완봉승에 대한 기대가 허무하게 무너져버린 데에 대한 왠지 모를 씁쓸함까지는 감출 수가 없었다.

그날 경기 직관 이후 그레인키에 대한 팬심이 더욱 짙어졌다. 그레인키의 매력은 평범함을 거부하는 데에 있다. 전성기에 비해 구속은 많이 떨어졌지만, 다양한 구종으로 타자들을 상대하는 레퍼토리. 경기 외적으로는 4차원적인 성격과 언행. 몸에 맞는 볼 이후 마운드로 돌진하는 카를로스 쿠엔틴을 피하지 않는 상남자 기질까지. 평범하고 모범적인 선수들도 좋지만, 평범함을 거부하는 그레인키 같은 선수들도 가끔 있어야 메이저리그가 더 다양한 팬들을 끌어모으지 않을까.

허무하게 끝난 터너의 첫 포스트시즌

2014년, 생애 첫 포스트시즌에 나선 저스틴 터너에게 허락된 기회는 단 두 타석. 두 타석 만에 터너의 진가를 보여주기에는 기회가 너무 부족했다. 터너가 가진 것들을 모두 꺼내기도 전에 소속팀 LA 다저스는 세인트루이스 카디널스에 1승 3패로 시리즈를 내줬고, 터너의 첫 포스트시즌도 그렇게 허무하게 막을 내렸다.

터너가 처음 다저스에 발을 내디뎠던 2014년만 해도 지금의 처지를 상상도 하지 못할 만큼 상황이 녹록지 않았다. 2013시즌까지만 하더라도 터너는 메이저리그의 평범한 내야 백업 선수 그 이상 그 이하도 아니었다. 결국 터너는 시즌이 끝난 후 소속팀 뉴욕 메츠에서 방출당했고, 그런 터너에게 구원의 손길을 내민 건 다름 아닌 고향팀 다저스였다.

고향팀 다저스에서 뛴다는 사실 자체로 캘리포니아 롱비치 출신인 터너에게 전에 없던 심리적 안정감을 주었다. 스프링 캠프 초청 선수로 다저스에 합류한 터너는 절치부심하며 기회를 노렸다. 재야의 고수인 덕 래타 타격코치와 함께 겨우내 레그킥과 타격폼을 다듬은 것이 효과를 발휘하며 터너는 자신감을 회복하기 시작했다.

치열한 경쟁 끝에 바늘구멍을 뚫고 메이저리그 로스터에 합류한 터너는 정규시즌에서 '터너 타임'이라는 신조어까지 만들어내며 돌풍을 일으켰다. 특히나 경기 후반 승부처에서 해결사 역할을 자처하며 다저스 팬들에게 깊은 인상을 남겼다. 주전 선수들이 부상을 당하거나 휴식을 취하는 날에는 선발로 나서 주전 선수들의 공백을 완벽하게 메웠다. 정규시즌 성적은 타율 3할 4푼, 7홈런 43타점.

다만 2014년 다저스에는 후안 유리베라는 베테랑 3루수가 있었기에 포스트시즌에서는 당시 다저스 감독이었던 돈 매팅리의 선택을 받지 못했다. 시즌 후반인 9월과 10월에 4할이 넘는 타율을 기록하며 물오른 타격감을 과시했던 터너로서는 아쉬운 선택.

터너는 디비전시리즈 네 경기에 선발로는 단 한 경기도 이름을 올리지 못했고 경기 후반이 되어서야 대타로 기회를 잡을 수 있었는데, 그나마도 2차전과 3차전에서는 경기 진행상황상 적절한 타이밍을 잡지 못해 경기에 나서지 못했다.

터너의 포스트시즌 데뷔 무대이기도 했던 카디널스와의 NLDS 1차전에서는 다저스가 8-10으로 뒤져있던 8회 말에 투수 스캇 앨버트를 대신해 대타로 나섰다. 2사 이후 헨리 라미레즈의 안타로 추격에 대한 기대감이 고조에 달한 상황에서 펫 니섹을 상대했지만, 3루수 땅볼에 그쳤다.

그리고 직관했던 NLDS 4차전에서는 2-3으로 뒤진 9회 초 1사 1루의 기회에서 투수 브랜든 리그를 대신해 카디널스의 마무리 트레버 로젠탈을 상대했다. 풀카운트 접전을 펼쳤지만 결과는 아쉽게도 헛스윙 삼진. 소속팀 다저스가 경기를 끝내 뒤집지 못하며 아쉽지만 더 높은 무대로의 꿈은 다음 시즌으로 미뤄야 했다.

이어진 2015시즌, 다저스는 시즌 중 유리베를 애틀랜타로 트레이드하며 터너의 자리를 마련해줬다. 특히 2017년에는 크리스 테일러와 함께 NLCS MVP를 차지하며 팀을 월드시리즈로 견인하기도 했다.

야만없(야구에 만약은 없다)이라지만, 2014년 포스트시즌에서 터너가 유리베 대신 스타팅 라인업에 이름을 올렸다면 어땠을까? 베테랑 유리베의 경험보다 터너의 무서운 기세와 타격감을 믿었다면 결과가 달라지지 않았을까?

· 9회 초 ·

켄리 잰슨을 미워할 수 없는 이유

다저 스타디움에서 투팍의 'California Love'가 흘러나온다는 것. 곧 승리에 한 발짝 가까워졌음을 의미한다. 그리고 곧이어 랜디 뉴먼의 'I Love L.A.'가 울려 퍼진다면? 다저 스타디움에 모인 많은 사람들이 조금 전 예상했던 대로 순조롭게 경기가 끝나 홈게임에서 다저스가 승리했음을 의미하는 사인이다.

California Love는 바로 다저스의 믿음직한 마무리 투수였던 켄리 잰슨의 등장 음악이다. 잰슨이 마운드를 이어받으면 긴장감을 조금 내려놓고 편안하게 경기를 지켜볼 수 있었던 때가 있었다. 2017년은 잰슨의 커리어 중 최고의 시즌으로 꼽히는데, 직관했던 2017년 월드시리즈 2차전에서도 마찬가지의 기분을 느꼈다.

생각보다 조금 이른 8회 초 등판이었고 경기를 마무리하기 위해서는 여섯 개의 아웃카운트가 필요했다. 그럼에도 전혀 불안하지 않았다. 그만큼 당시의 젠슨은 강력했고, 또 믿음직했다. 당시의 젠슨은 다저스 팬들의 전폭적인 지지를 받는 마무리 투수이자 메이저리그를 통틀어 최고의 마무리로 꼽히는 투수였다.

괜한 믿음이 아니었다. 젠슨은 2017년 정규시즌 42번의 세이브 기회에서 단 한 차례를 제외하고 모두 세이브를 거뒀다. 바로 전 시즌이었던 2016년 1.83의 평균자책점도 대단한 기록인데, 2017년의 평균자책점은 1.32였다. 포스트시즌에서도 젠슨의 기세는 식을 줄을 몰랐다. 월드시리즈에 올라가기까지 7승이 필요했던 다저스였는데, 그 7경기에 모두 등판해 다저스의 승리를 함께했다.

이어진 월드시리즈 1차전에서도 다저스가 3-1로 앞선 9회 초에 등판, 1이닝을 깔끔하게 마무리하며 다저스의 승리를 지켜낸 건 다름 아닌 젠슨이었다. 앞선 경기에서의 이런 활약 때문에 월드시리즈 2차전, 젠슨의 등장 음악만으로도 경기가 이미 끝난 듯 마음이 편해졌던 것이었다.

3-1로 다저스가 두 점 앞선 8회 초, 휴스턴 카를로스 코레아에게 적시타를 허용해 브랜든 모로우가 남긴 주자였던 알렉스 브레그먼이 홈을 밟았지만, 젠슨에게는 한 점의 여유가 더

있었다. 하지만 이어진 9회 초, 선두 타자였던 마윈 곤잘레스에게 불의의 일격을 허용하며 잰슨은 그해 포스트시즌 들어 처음으로 고개를 숙였다. 포스트시즌 9경기 만에 나온 첫 자책점이자 첫 블론세이브였다.

빼어난 활약에도 팀을 가장 높은 자리로는 견인하지 못했던 잰슨. 2017년 선수생활의 정점을 찍고 잰슨의 성적도 조금씩 하향세를 타기 시작했다. 2019년에는 시즌 중 무려 8번의 블론세이브를 기록하는 등 안정감 그 자체였던 전성기의 모습은 온데간데없이 사라졌다.

그럼에도 다저스 팬으로서 잰슨을 미워할 수 없는 이유는 2010년 다저스에서 데뷔해 무려 12시즌 동안 다저스의 뒷문을 든든히 지켜줬기 때문이다. 선수로서의 전성기를 오롯이 다저스와 함께하며 전에 없던 다저스의 빛나는 시절을 함께했던 선수. 그 영광의 순간은 잰슨이 다저스의 뒷문을 늘 든든히 지켜줬기에 가능했다.

믿을 만한 셋업맨이 없고 불펜이 불안했던 다저스의 팀 사정상 잰슨은 8회부터 등장해 4~6개의 아웃카운트를 책임지는 세이브를 거두는 경우도 빈번했다. 다저스 팬으로서 절대 잊을 수 없는 경기가 있다면 바로 워싱턴 내셔널스와의 2016 NLDS 5차전인데, 그 경기에서도 잰슨은 마무리 투수로는 이례적으로 7회 말에 등판해 2.1이닝동안 51구의 역투를 펼쳤다.

9회 말, 커쇼가 마운드를 이어받아 경기를 마무리하는 장면까지 더해 아직도 보고 있노라면 소름이 쫙 끼치는 경기이다.

당시 위기의 순간에서 믿을만한 투수가 결국에는 잰슨과 커쇼, 둘 뿐이었다. 그리고 그 둘은 여러 선수들이 팀을 들락날락하는 와중에서도 꿋꿋이 다저스를 지켰던 선수들이다. 그래서인지 부진한 모습을 보이더라도 아쉬운 마음은 들지만 절대 미워할 수가 없다. 오히려 지켜보는 팬으로서 짠한 감정이 들 때가 더 많다.

한두 해 반짝하는 마무리 투수들은 많지만, 오랫동안 롱런하는 마무리투수는 생각보다 많지 않다. 세이브 리더보드에서 통산 1위는 여전히 652세이브의 마리아노 리베라가 지키고 있다. 지금은 다저스를 떠났지만, 리베라와 마찬가지로 강력한 '커터'를 앞세워 타자들을 상대하는 잰슨이 리베라의 길을 따라 꼭 롱런했으면 한다.

끝날 때까지 끝난 것이 아니다

Wednesday, October 25, 2017

Houston Astros   **Los Angeles Dodgers**

7   **6**

· 1-1 ·   · 1-1 ·

	1	2	3	4	5	6	7	8	9	10	11	R	H	E
Houston Astros	0	0	1	0	0	0	0	1	1	2		2	7	14	1
Los Angeles Dodgers	0	0	0	0	1	2	0	0	0	2	1	6	5	0

WP: Chris Devenski (1-0) · LP: Brandon McCarthy (0-1)

2017 월드시리즈 2차전, 연장 10회 초 마운드에 오른 조시 필즈가 호세 알투베, 카를로스 코레아에게 백투백 홈런을 허용하는 순간 게임은 끝났다고 생각했다. 휴스턴 애스트로스는

1-3으로 뒤져있던 경기를 끈질기게 따라붙어 9회 3-3 동점을 만들며 승부를 연장으로 끌고 갔다. 그리고 10회 초 홈런 두 방으로 순식간에 5-3으로 앞서 나가기 시작했다.

그 순간 기대할 수 있는 것은 단 하나였다. 뉴욕 양키스의 전설적인 포수 요기 베라의 명언 '끝날 때까지 끝난 것이 아니다 (It ain't over till it's over)'를 속으로 되뇌며 기적을 바랄 뿐이었다.

• • •

1988년 오렐 허샤이져, 커크 깁슨(절뚝이는 다리로 다이아몬드를 돌면서 펼친 어퍼컷 세리머니로 유명하다)을 앞세워 LA 다저스는 월드

시리즈 우승을 차지했다. 그 후 30년에 가까운 시간 동안 다저스는 월드시리즈 무대를 다시 밟지 못했다. 1986년에 태어난 나로서는 2017년이 응원팀의 월드시리즈를 구경할 실질적인 첫 기회였다. 내 나이 겨우 세 살 때 벌어진 월드시리즈는 그저 가끔 중계중에 나오는 예전 영상으로 분위기를 짐작만 할 뿐이었다.

초중고 시절을 거쳐 다저스 팬으로 쭉 자라온 나는 야구와 관련된 일을 하고 싶다는 꿈을 잠시 접고 평범하게 직장생활을 하고 있었다. 돌이 갓 지난 딸이 있었고, 둘째를 임신한 지 얼마 되지 않은 와이프도 있었다. 현실적으로 2017년 월드시리즈 직관을 하는 것은 누가 봐도 무리한 선택이었다. 가로막고 있는 장벽이 많았고, 하나 같이 해결하기 쉽지 않은 과제들이었다.

아마 와이프의 통 큰 지지가 없었더라면 내 생애 첫 월드시리즈, 그것도 응원팀의 월드시리즈 직관이라는 화려한 추억은 없었을지 모른다. 야구를 보기 위해 신혼여행지를 미국으로 선택할 정도로 나는 야구에 미쳐있었고, 야구는 내 삶의 유일한 탈출구였다. 그런 나의 삶을 누구보다도 가장 가까이에서 바라봐 온 와이프 입장에서는 허락을 쉽사리 해주기도, 그렇다고 허락하지 않는 것도 선택하기 어려웠을 것이다.

"100년이 넘게 월드시리즈 우승을 못하는 팀도 있는데, 살아 있는 동안 월드시리즈가 또 온다는 보장이 있겠어? 대신 이

번이 마지막이야. 나도 두 번은 자신 없어."

와이프의 허락 이후 나의 월드시리즈 직관 프로젝트는 일사천리로 진행됐다. LA 왕복 항공권을 예매했고 스텁허브에서 월드시리즈 1차전, 2차전 표를 예매했다. 회사에는 3박 4일의 짧은 휴가를 냈고, 딸아이는 부모님께 잠시 부탁드렸다.

고된 일정이었다. LA에 도착하자마자 짐을 풀 새도 없이 다저 스타디움으로 향했고 월드시리즈 1차전을 직관했다. 29년 만에 LA 홈에서 열린 월드시리즈에서 다저스는 에이스 클레이튼 커쇼의 7이닝 역투를 앞세워 3-1로 승리하며 순조롭게 출발했다. 1차전 승리의 흥분이 채 가시기도 전에 다음 날 같은 장소에서 2차전이 열렸다.

2차전 역시 다저스는 순항했다. 0-1로 뒤져있던 다저스는 5회 말 작 피더슨의 솔로 홈런으로 동점을 만들었고, 6회 말에는 코리 시거의 투런 홈런이 터지며 3-1로 경기를 뒤집었다. 당초 선발 매치업(다저스 리치 힐-휴스턴 저스틴 벌랜더)에서 밀린다는 평가를 받았다는 것을 감안하면 의외의 결과였다.

승부에 조금씩 암초가 드리우기 시작한 건 8회 초였다. 다저스는 경기 초반 고전했지만, 안정감을 찾아가던 선발 리치 힐을 4이닝 만에 교체하는 초강수를 뒀고, 그 결과 마무리 켄리 젠슨을 8회 초부터 마운드에 올릴 수밖에 없었다. 다저스

는 이상하리만큼 포스트시즌에서 리치 힐을 일찍 강판시킨 후 경기가 꼬였다. 2018년 보스턴 레드삭스와의 월드시리즈 4차 전 역시 그랬다. 당시 미국 대통령이었던 도날드 트럼프까지 트 윗으로 이러한 결정을 내린 다저스를 비판하기도 했다.

2017 월드시리즈 2차전도 마찬가지였다. 8회 초 카를로스 코레아에게 적시타를 내주며 조금씩 불안감을 키우더니 9회 초에는 선두 타자 마윈 곤잘레스에게 솔로 홈런을 허용하며 동점을 내주고 말았다.

· · ·

다시 연장 10회 말. 10회 초에 홈런 2방을 내주며 리드를 뺏 긴 다저스는 패색이 짙었다. 야시엘 푸이그가 추격의 솔로 홈런 을 날렸지만, 야스마니 그랜달과 오스틴 반스가 삼진으로 물러 나며 순식간에 2사에 몰렸다. 경기 종료까지 아웃카운트 한 개.

로건 포사이드가 휴스턴의 마무리 켄 자일스에게 풀카운트 승부 끝에 볼넷을 얻어내며 불씨를 살렸다. 다음 타석의 주인 공은 시카고 컵스와의 NLCS 5차전에서 혼자 홈런 세 방을 터 뜨리며 다저스를 월드시리즈로 견인한 키케 에르난데스였다.

켄 자일스의 와일드 피치로 포사이드는 2루까지 진출, 2사 2루를 만들었다. 2사 이후였기에 짧은 안타 하나면 충분히 동점을 만들 수 있는 상황. 침착하게 볼을 골라내며 유리한 볼카운트를 만든 키케 에르난데스는 자일스의 바깥쪽 패스트볼을 그대로 밀어쳐 1루와 2루 사이를 갈랐다. 그 사이 포사이드가 홈을 밟으며 승부는 다시 5-5 동점!!!

다저 스타디움에 모인 5만여 명의 관중들이 모두 일어나 환호성을 질렀다. 2루에 도착한 에르난데스는 두 주먹을 불끈 쥐며 포효했다. 패배의 공포에 직면해 침묵에 빠졌던 다저 스타디움의 분위기는 순식간에 뜨겁게 달아올랐다. 2017 월드시리즈 2차전에서 나온 가장 극적인 장면이었다.

하지만 다저스는 이어진 연장 11회 초에 조지 스프링어에게 투런 홈런을 허용하며 다시 리드를 휴스턴에 내줬고, 리드를 다시 찾아오지 못했다. 11회 말 찰리 컬버슨이 추격의 솔로포를 날렸지만, 경기를 뒤집기에는 역부족이었다.

월드시리즈 직관이라는 꿈같은 시간은 순식간에 지나갔다. 아쉬운 2차전 패배를 뒤로 하고 나는 다시 인천행 비행기에 몸을 실었다. 하지만 월드시리즈 2차전 키케 에르난데스의 극적인 동점 적시타를 본 것만으로도, 그 순간 다저 스타디움의 뜨거운 분위기를 만든 일원이었다는 사실 하나만으로도 충분했다. 살면서 힘든 순간이 찾아올 때마다 그 순간의 기억을 떠올리며 또 한 번 스스로 다짐하게 된다. 절대 포기하지 말자. 끝날 때까지는 절대 끝난 것이 아니다.

Epilogue

○

마지막 아웃카운트를 기다리며

야구는 27개의 아웃카운트를 잡아야 승리할 수 있는 게임입니다. 물론 강우 콜드나 연장전 같은 특수한 상황에서는 승리를 위해서 27개보다 적거나 또는 더 많은 아웃카운트가 필요한 경우도 있습니다. 하지만 대개의 경기에서는 27개의 아웃카운트면 충분합니다. MLB 직관의 기록을 남기기 위해 쓰기 시작한 글도 어느새 26개가 쌓였습니다. 글 하나를 아웃카운트 하나에 매칭 해보면 승리까지 필요한 아웃카운트에 딱 하나 모자랍니다.

직관했던 그 순간만큼이나 직관의 기록을 남기는 동안 정말 행복했습니다. 처음 MLB 직관기를 쓰기로 마음먹었을 때만 하더라도 이렇게 많은 글이 나올 줄은 몰랐습니다. 잊고 있었던 기억들이 글을 쓰면서 새록새록 떠오르기도 하고 가슴속에 조각조각 있던 단편들이 하나로 뭉쳐지기도 했습니다. 메이저리그를 처음 직관한 것이 대학생 시절이던 2009년입니다. 그로부터 벌써 15년이라는 세월이 흘렀습니다. MLB 직관기를 더

늦기 전에 쓰기로 마음먹은 것은 정말 잘한 일이라고 생각합니다.

그러고 보면 MLB 직관이라는 것이 생각보다 큰 노력과 시간 투자를 요하는 것인지도 모르겠습니다. 미국 서부만 하더라도 최소 10시간가량의 장시간 비행을 견뎌야만 직관으로 향하는 여정을 시작할 수 있습니다. 티켓값도 좌석 위치에 따라 천차만별이긴 하지만 부담 없이 관람할 수 있는 저렴한 가격은 아닙니다. 포스트시즌 같은 중요한 경기는 표를 구하기 위한 경쟁도 매우 치열합니다. MLB 직관이라는 것이 누구나 흔하게 할 수 있는 경험은 분명 아닌 듯합니다. 여러 가지 제약 때문에 제집 드나들듯 할 수 없는 것이 MLB 직관이기 때문에 지난 직관의 추억들이 이제서야 더욱 소중하게 느껴지기도 합니다.

아마 향후 몇 년 동안은 MLB 직관이 힘들지도 모르겠습니다. 대부분의 직관이 대학생, 사회초년생 시절 이루어졌던 점을 감안하면 더 그렇습니다. 그때와 달리 여러 가지 역할이 추가된 지금입니다. 회사에서는 과장으로, 가정에서는 남편으로 또 아이들의 아빠로서의 역할도 해야 합니다. 내 시간과 돈만 투자하면 언제든지 갈 수 있었던 몇 년 전과는 상황이 많이 달라졌습니다. 그럼에도 불구하고 일말의 기대를 안고 간절하게 기다리는 순간이 하나 있습니다.

야구 시즌 중 가장 마음이 복잡다단한 순간이 바로 우승팀을 결정짓는 마지막 아웃카운트를 앞둔 순간입니다. 그 순간이 오기까지의 시즌 전체가 주마등처럼 스쳐 지나감과 동시에 내일부터는 당분간 야구를 볼 수 없다는 아쉬움도 공존하는 순간입니다. 월드시리즈에 오른 팀이 내가 응원하는 팀이 아닐지라도 마음이 복잡한데, 그중 한 팀이 내가 응원하는 팀이라면 그 복잡한 심경은 이루 말할 수 없을 것입니다.

막상 마지막 남은 하나의 아웃카운트가 올라가고 내가 응원하는 팀이 우승을 차지하는 꿈같은 순간이 현실이 된다면 다소 허무할 것 같기도 합니다. 그래서 더도 말고 덜도 말고 딱 우승까지 마지막 아웃카운트 하나를 남긴 그 순간을 기대합니다. 긴장감과 아쉬움, 환희와 기대 등 여러 감정이 응축되어 절정에 달한 그 순간을 말입니다.

그리고 기왕이면 그 순간에 기적같이 야구장에서 직관을 하고 있기를 바랍니다. 현실적으로 어려워 보이지만 사람 일은 한 치 앞도 알 수 없으니 혹시 또 모르죠.

The saddest day of the year is
the Day baseball season ends.

일 년 중 가장 슬픈 날은
야구 시즌이 끝나는 날이다.

토미 라소다
LA 다저스의 전설적인 감독

publisher   instagram

미국, 야구, 여행

발행일 2024년 7월 17일

지은이 최세진

펴낸이 최대석 **펴낸곳** 행복우물 **출판등록** 307-2007-14호

등록일 2006년 10월 27일

주소 a1. 서울시 중구 삼일대로 343 위워크 8층

　　　 a2. 경기도 가평군 경반안로 115

전화 031-581-0491 **팩스** 031-581-0492

전자우편 book@happypress.co.kr

정가 17,500원　**ISBN** 979-11-94192-06-0